找回你的生命礼物

The Power of the Gift

Christopher Moon

[加]克里斯多福·孟————著　　王岑卉————译

四川文艺出版社

图书在版编目（CIP）数据

找回你的生命礼物 /（加）克里斯多福·孟著；王岑卉译. — 成都：四川文艺出版社，2020.5
ISBN 978-7-5411-5678-6

Ⅰ. ①找… Ⅱ. ①克… ②王… Ⅲ. ①长篇小说—加拿大—现代 Ⅳ. ①I711.45

中国版本图书馆CIP数据核字（2020）第048295号

著作权合同登记号：图进字21-2020-125号

ZHAOHUI NI DE SHENGMING LIWU

找回你的生命礼物

［加］克里斯多福·孟 著 王岑卉 译

出品人 张庆宁
策划出品 磨铁图书
责任编辑 柴子凡 周 轶
责任校对 汪 平
产品经理 韩 烨
特约编辑 郑晓娟
装帧设计 唐 旭 谢 丽

出版发行 四川文艺出版社（成都市槐树街2号）
网 址 www.scwys.com
电 话 028-86259287（发行部） 028-86259303（编辑部）
传 真 028-86259306

邮购地址 成都市槐树街2号四川文艺出版社邮购部 610031
印 刷 三河市冀华印务有限公司
成品尺寸 160mm×210mm 开 本 32开
印 张 8.25 字 数 180千字
版 次 2020年5月第一版 印 次 2020年5月第一次印刷
书 号 ISBN 978-7-5411-5678-6
定 价 49.80元

谨以此书献给素梅、孟禅和孟明。

你们点亮了我的生命！

目录

第二部分　寻得者

引子

真理是洒水壶。

2014年5月

“先生，有什么需要帮忙的吗？”女店员问。她询问的那个男人已经在过道中间站了十来分钟，双眼紧紧地盯着摆园艺用品的货架。

“什么？”男人慢慢转过身来，似乎压根儿没意识到她的存在。女店员这才发现，她起初误以为男人双眼无神，其实那是种恍惚梦幻、脱离凡尘的眼神。他虽然没有笑，但看起来也没不高兴。

“您在找什么特别的东西吗？”女店员微笑着问这位年长的男士。

“没有，”男人咧嘴笑了笑，似乎为自己的回答感到诧异，“我只是在看那把洒水壶。”

“您想买吗？我可以帮您取下来。”

“不用了，多谢。我只是看看。”男人解释道，然后转身继续盯着那把深绿色的铁皮壶，“也许应该说，我只是看见了它。”

“颜色挺不错的，是吧？”女店员开始有点儿不自在了，“还有什么能帮您的吗？”

男人转过身，似乎对她还没走感到惊讶。“你知道吗？”他脸上又绽放出了笑容，“我不是在找东西。”他沿过道走向五金店的大门。女店员隐约听见他说了一句：“我的追寻结束了。”

男人走进附近的公园，在长椅上坐下，看着人们在沥青健身步道上散步。鸟儿在枝头蹦跳，飞进灌木丛，飞到草地上，再飞回树梢。云彩懒洋洋地飘过天空，狗狗在宽阔的草坪上转悠，鼻子紧贴着地面嗅个不停。不少路人的耳朵眼里都塞着耳机。他不禁心想，是不是也该带上自己的音乐播放器。但他现在没心情听音乐，只有兴趣观察、见证。

存在。

春末夏初，繁花、绿树都欣欣向荣，天气也完美极了，但对他来说，身处何方或季节如何其实都不重要。他是寄居在人体内的存在。这为他提供了见证奇迹的机会。他赞赏世间的种种造物，无论其表现形式如何。但如果没有意识到超越周遭一切的存在，这种赞赏就不够完整。存在就像他的呼吸一样让他亲近，又像最远的星星一样遥远。从一个角度来看，它似乎浩瀚无边，但从另一个角度来看，它又渺小得几乎看不见。他觉得，自己在见证无条件的爱、无尽的力量、无限的创造力、无法形容的智慧，这些共同上演了一出名为“造物”的大戏。大树、小草、人类和动物都是爱的本身在无条件地给予爱。汽车尾气、摩托引擎、他身后的建筑，甚至是他坐的公园长椅，都在这出大戏中扮演着自己的角色。一切都是如此。从“无条件地给予”的角度来看，一切就汇成了一场真正的世间万物之舞。那是一场无比精妙的芭蕾舞表演，但如果没有“洞悉”的体验，你会很容易忽略，或者视其为理所当然。他边想边露出了微笑：“在造物的所有馈赠中，我最爱的就是‘赞赏’！”通过它，可以见证创造的力量：没有它，生活就会缺少庆贺；有了赞赏，一切的本来面目都是完美的。这条长椅上剥落的油漆，那个早晨十一点就喝得醉醺醺的年轻人，那辆狂按喇叭的汽车，还有那个冲司机尖叫的妇人—— 一切都是完美的编排！而这一切背后的存在，就藏在我们眼皮底下！

赞赏。

“如果没有它，我怎么活得下去？呃，如果从这个角度想，我似乎确实没有真正地‘活’过。我只是在浑浑噩噩地混日子，根本没有真正地‘活’过。”

想到这儿，众多鲜活的画面突然涌进了他的脑海。那些画面紧紧结合在一起，就像同时发生的一样。他静静地坐在长椅上，闭上双眼，见证另一出大戏——那出戏叫作“回忆”。回忆那个没有手机、没有 CD、没有互联网的时代。当时，弹球机刚被单机游戏“太空侵略者”（Space Invaders）和“吃豆人”（Pac–Man）取代，很少有人拥有比得克萨斯文字处理机更先进的计算机。他还清楚地记得 1985 年发生的事，那些事就像发生在昨天。

第一部分

追 寻 者

第一章　这是一条艰难的路

我要活得充实！就算这会害死我，我也在所不惜。

——帕特里克·肯尼迪

1985年8—10月

寻访奇迹的开端

“你走吧，”男人和蔼地说，“我什么也给不了你。”

帕特里克·肯尼迪既沮丧又困惑，垂头丧气地转身离开。这是他第十次拜访这个地方，第十次驾车踏上这段坎坷而漫长的旅程，第十次驶过这条遍布泥泞的碎石小道，来到泽维尔先生所在的幽静农舍。足足十次毫无意义的旅行——除了对修车工有点儿意义。为了说服泽维尔先生收自己为徒，帕特里克做了这么多徒劳无功的努力，足够让他的修车工再度一次奢华蜜月了。

“不过，以后再也不会这样了！”帕特里克坚定地对自己说。他开着自己的庞蒂亚克，沿着泥泞的车辙往后倒，寻找足够的空间掉头。这里树木繁茂，阳光静静地洒落在秋叶上。自然美景通常都能舒缓他糟糕的心情，可这回没用。经过整整一个小时的跋涉，他那辆老爷车恐怕又颠掉了不少零件。他掉转车头，开上了通往城里的高速公路。随着车越开越远，他的心情也越来越糟。回城后，他不假思索地冲进了酒吧。他确信，彼得·凯恩会在那里，等着看自己每周一次的出糗。

整整十周过去了，这已经成了他每周的例行公事。从 7 月末开始，帕特里克每周一都会去拜访泽维尔先生，回应本地报纸征友栏上登的一则广告。假如有人问起这件事，他会一口咬定自己不是常翻那些破玩意儿，只是某天早上，他坐在餐厅里，突然想到，如果对面能坐个女伴儿就好了。这时，他碰巧把报纸翻到“分类广告”那一版，就开玩笑似的瞄了一眼征友栏，看看那些“孤家寡人”是怎么填补人生空白的。

“哟，你登了征友广告呀？”他背后传来了彼得·凯恩的声音。

“嘿，彼得！”帕特里克跟老朋友打了个招呼。大块头彼得努力挤进他对面的卡座时，帕特里克条件反射似的把报纸翻到了金融版：“我在看股票行情啦——瞧瞧有没有投资机会。”

“对哦，对哦。”彼得狡黠地露齿一笑。帕特里克也笑了。“让我瞧瞧。”彼得伸出手，一把夺过帕特里克拿着的报纸。帕特里克装作专心研究菜单，掩饰自己的面红耳赤。

“在这儿呢！‘白人男性，正当职业，不吸烟，仅在社交场合饮酒，爱好运动、电影，以及和有趣的人聊天。诚征女性，二十五岁至三十岁，不乏魅力，爱好相似……’帕特，这是你登的，对吧？我敢跟你赌十块钱！”

“你怎么知道的？”帕特里克好脾气地问道。

“‘不乏魅力’这四个字就暴露了——你是城里唯一会这么写的人。别的男人都会说想找个美女，或者类似的，只有你这人太好心，不会说得那么直接。不过话说回来，‘不乏魅力’到底是啥意思啊？伙计，你都没叫他们附上照片。”

“呃，我不想找个美女。”帕特里克提出抗议。

“啊哈！当然了，我还不想要一百万美元呢——老天啊，我真喜欢欠一屁股债！”

“不，我是说，我想要的不只是外表。”帕特里克结结巴巴地解释道。彼得微微一笑，继续念征友广告。女服务员走过来，记下他们点的菜。彼得都没顾得上抬头跟她打招呼。大声念了几则更有趣的征友广告后，他突然陷入沉默，皱起了眉头。

“瞧瞧这个。”他把报纸递给帕特里克，指着一则足足占了半栏的广告。

失物招领

拾得远见卓识之人的激情。

可曾有人于近日遗失此物?

若欲寻回，请即联络。

每周一均可。

广告剩下的部分是复杂的路线指引，指向城外山中的某个地方，至少也是山脚下。路标是某几棵古树和某几块怪石。广告最下方印着“G. 泽维尔”这个名字。

帕特里克反复读了几遍这则古怪的广告，直到早餐上桌，他才把报纸搁下，说道:“哈！你怎么看？”

“我也说不好，”彼得边说边把半根香肠往嘴里塞，“我只是想，不知会不会有人傻到跑那么大老远去。这可能是个恶作剧，也可能是个疯掉的隐士在找伴儿——你懂的，找个人听他胡说八道，或者跟他一起流口水。”

“有可能吧。”帕特里克一脸不信地回答，广告的第一句话让他有种过电的感觉。一直盯着他看的彼得立刻就发现了。

“帕特，想都别想。”彼得好心提议，“就算是对你来说，这事也太诡异了。那个变态疯子可能会强暴你，然后把你砍成一块一块的。”

“可能吧，”帕特里克说，“但如果上面说的是真的呢？要是他……我也说不好……是个萨满什么的呢？你懂的，就像巫师呀，术士呀，要不就是——”

“要不就是坏乡巴佬，像电影《激流四勇士》（*Deliverance*）里那样。”彼得帮他补完了后半句。

“那山上可没有什么坏乡巴佬，彼得。反正没坏人，只有一群老嬉皮士和逃兵役的家伙，他们从越战的时候就窝在那儿了。”

“只是没有我们知道的坏乡巴佬，”彼得纠正了他的说法，“但就像我说的，就算是对你来说，这整件事也太诡异了！如果他是巫师或者巫医，还在报纸上打广告干吗？而且还是在征友栏上？”

“我也不知道——可能是为了找像我这样的人？”帕特里克轻声说，“敏感、聪明的精神追寻者……”

“别忘了‘不乏魅力’。”

帕特里克无视彼得，接着往下说，故意装出一副超凡脱俗的圣人模样：“也许我受到了召唤——去追寻某种伟大、崇高的命运！”

但他话音未落，就对此失去了兴趣。接着，两个人聊起了别的话题。最后分道扬镳，各自奔赴工作。

到了周末，帕特里克已经完全忘了这件事。周五晚上，他跟一群朋友在麋茸酒吧聚会，听彼得对社会、政治、酒吧里的每个人和世界上别的地方大放厥词。等帕特里克踉踉跄跄走回家，一头栽倒在孤独却温暖的大床上时，G. 泽维尔已经彻底从他的脑海里消失了。

接下来的周一早上，他坐在餐厅的老位置上，又发现了那则广告。事实上，更像是广告发现了他——他刚翻到报纸的征友栏，那则广告就映入了眼帘，同样的电流窜过了他的全身。没等彼得现身劝他放弃，他就开车上了高速公路，用摇滚乐和狂野的幻想为自己加油鼓劲儿。他打电话给办公室，取消了当天所有的预约。他有点儿内疚，但某种疯狂的感觉已经占据了他的内心。他将成为下一位心灵大师，就像卡洛斯 · 卡斯塔尼达[1]（Carlos Castaneda）或丹 · 米尔曼（Dan Millman）！甚至可能是现代版的阿朱那[2]（Arjuna）或密勒日巴（Milarepa）尊者！他打算拜在这个 G. 泽维尔门下，学习远见卓识之道！他要走上通往真理之道……他要成为大彻大悟之人！他要……

找回生活的激情

帕特里克花了大半天在伐木工小道上前进，驶向某个鸟不拉屎的鬼地方，一路上满脑子胡思乱想！经过四五个小时的艰难跋涉，他看见了许许多多为开辟空地而伐倒的大树，比大多数伐木工整整一周看到的都要多，却没看见丝毫人烟。下午时分，他找到了开回高速公路的小道，还有他迫切需要的加油站。给车加满油后，他就准备开回家了。他觉得自己“蠢绝人寰”，心灵的渴求也消失殆尽。他听见脑海中响起了彼得的声音，说理想主义的空想和白日梦总有一天会拖垮他。“为啥你就不能回到现实世界来？抛开这些盲目乐观的破玩意儿，做个尽责、高效的普通

1　卡洛斯 · 卡斯塔尼达：秘鲁裔美国作家和人类学家。以“唐望”系列（12 本书和许多更短的作品）而闻名于世，书中记载了他拜印第安人萨满巫师唐望为师的经历。不过，唐望的真实性曾被多名学者质疑。

2　阿朱那：古印度史诗《摩诃婆罗多》（*mahabharata*）中的核心人物之一。

人？”不过，彼得喜欢给别人提建议——照他的说法，这是试图拯救帕特里克，因为对他自己来说已经太晚了。总之，两个人聊到最后，结论肯定是：帕特里克这次又做错事了。

此时，帕特里克恰好在高速公路的另一侧发现了路标：一条古老的伐木工小道，道路两旁各有两棵极其高大、早已枯死的铁杉树。他刚才怎么就没看见？怎么会有人看不见这么明显的标志？他大概是在像往常一样做白日梦吧！他前妻达琳曾不止一次表示过，就算隔壁爆发了核大战，帕特里克大概都听不见。

于是，他又在泥泞的小路上颠簸了两个多小时，掉头认真搜寻，最后终于找到了一间小屋。事实上，那更像是一个窝棚。小屋的东墙完全是山坡，主体是木头和苔藓，就像从山上长出来的，看起来幽暗神秘、令人生畏——以至于他花了不少时间才鼓足勇气迈出车门。他一向想象力丰富，脑海中不禁浮现出了电影《激流四勇士》和《九怒汉》（*Southern Comfort*）里的场景。那两部电影讲的都是城里人被近亲通婚或者被疯疯癫癫的山里人追捕、折磨或杀害。望着那间小木屋，他不禁暗自想象，看似静谧的山林中传来悠扬的班卓琴声。

最后，他终于打开车门走下车来——把用来壮胆的棒球棒搁在副驾驶座上，牢牢锁上三扇车门，只留下驾驶座的门没关。虽然此时已是傍晚，但气温依旧居高不下，他大汗淋漓地走近小屋，敲了敲腐朽、破烂的胶合板门。门马上就开了，里面站着一个年长的中年男子，身高约一米七二，满头棕发，面如皮革，胡子刮得干干净净，脸上嵌着一双帕特里克见过的最和善、最深邃的蓝眼睛。棚屋没有窗户，男子背后一片漆黑。

“有事吗？”男子的声音很柔和，既不深沉，也不高亢。他微微一笑，扣上了敞开的红黑格子衬衫，调整了一下脖颈上挂着的双筒望远镜。“噢——是你呀？”他补了一句，像是认出了帕特里克，但对帕特里克的出现没抱多大希望。

“嗨。”帕特里克怯生生地打了个招呼，把重心从左脚换到右脚，突然特想撒个尿。

“有什么要帮忙的吗？”

“呃……我今天在报纸上看见了您的广告——呃，其实是上周啦。而且，今天，呃……今天是周一。”

“我懂了，”年长的男人答道，“周一永远都是周一。”

“对，呃……我也不知该说啥，不过……呃……我觉得我该……呃……我该来见见您，跟您聊聊这个。”

“聊什么？”男人的声音悠扬、悦耳，似乎与林间的声响融为一体。山林中，树叶沙沙作响，树皮噼啪有声，偶尔有鸟儿婉转啁啾，松鼠吱吱乱叫。帕特里克渐渐放松下来。

“聊聊您在报上登的那些——关于我的激情。”

“你的激情？”

“呃，我觉得您能帮我找回我的激情——我是说，对生活的激情。”帕特里克脱口而出，惊讶地发现自己听起来如此绝望。年长的男人的目光似乎穿透了他。帕特里克僵住了，有些不自在，不知是该与他对视，还是该挪开视线。沉默一阵子后，男人终于开口了：“走吧——我什么也教不了你。”

男人说完就转身钻进小屋，留下帕特里克站在门口，盯着饱经风霜的屋门发呆。过了一会儿，他回到车里，茫然又困惑地开车走了。

他把这件事告诉了彼得，彼得听完后只是耸了耸肩：“真是大千世界，无奇不有啊。”但要帕特里克“就此放下”可没那么简单，他告诉彼得，他忘不了那个男人的脸，也忘不了那双直视他的蓝眼睛，那双眼睛饱含激情与笑意。就连他极其迷恋某个女人的时候，都没见过像泽维尔先生那样熠熠发光的眼睛。

“嬷嬷尊母。”彼得提出。

“你说啥？嬷嬷尊母怎么了？”

“我们跟嬷嬷尊母私下交流的时候，你也说过一样的话。”

“那都是十年前的事了！你怎么还记得？”

彼得指的是他和帕特里克第一次见嬷嬷尊母的时候。嬷嬷尊母是一位独具魅力的心灵导师，赢得了“大师之母”的称号。帕特里克是她成千上万名信徒中的一员。那个时期，他只有一次真正接近嬷嬷尊母。当时，他和彼得受邀与其他四十多名信徒一起跟尊母私下交流。

“现在回想起来，你怎么会跟我一起进去的？你从来都不是我说的那种‘全心全意供奉的信徒’。”

“我买通了一个家伙，”彼得颇为得意地解释道，“门口的一个保安。”

“你买通了嬷嬷尊母的一个保安？！”帕特里克不禁惊呼起来，简直不知该如何是好了，“那些家伙愿意为她去死！你就扯吧！”

“是真的。我给那家伙塞了点儿钱，让他搜了我的身，确保我没带武器，然后我就直接进去了。我们出去以后，你们都为拜倒在‘真实、完美的大师’脚下激动得不得了，我却只觉得浪费了五十块钱。我只想好好地瞧瞧她，但她穿着长长的白袍，连腿都看不见，更别提别的地方了。”

“你知道的，对吧？你接下来五十世都只能做蛆了——那是世界上最恶心的玩意儿！”

“如果心灵导师不想被人当作性幻想的对象，就不该化装成那么性感的女人。不过话说回来，你对嬷嬷尊母的眼睛也说过同样的话，说它们多么熠熠发光，多么有穿透力，能看穿你的灵魂，以及所有那些破玩意儿。”

“我说过吗？”

“对，你说过。”彼得向他保证，“你对你遇到或读到的每个老师都会这么说。”

“才没有呢！”帕特里克立刻反驳道，皱起了眉头，“这次我感觉不一样。”

“你对嬷嬷尊母也是这么说的。”

“那个人看起来很真诚、很诚恳，我真的觉得他能帮我。”

“你之前也是这么说的——”

“闭嘴吧你！”

想了解人生的意义

度过了焦躁不安的一夜后，第二天早上，帕特里克拿起报纸，发现

G. 泽维尔那则奇怪的广告不见了，顿时觉得松了一口气。几天后，由于事态的发展令人惊讶——他自己登的征友广告备受关注——不安情绪被他抛到了一边。下班回家后，他打开信箱，掏出了七封回信。

“不然呢？你要的是‘不乏魅力’，当然是个人就会回信啦。”彼得评论道。但帕特里克正在兴头上呢，他感觉就像一扇锁着的门突然敞开了。毕竟，自从达琳两年前离开后，他直到现在才有信心找人建立长期关系。到周五为止，他已经有足足十五封信要回了。他独自一人待了一整晚，把每封信都读了又读，充分利用五年来做咨询师汲取的经验，仔细分析信中的每个字、每句话，尽量排除那些比他还要神经质的人。他试着用不同的方式（从字迹风格到墨水颜色）给所有信件分类，接着又根据艺术偏好、职业、爱好、身材、年龄、幽默感和智力水平来分类。最后，他只想把信统统扔掉，开始狂喝滥饮，或者跑去出家。为了抵制这样做的诱惑，他决定根据性格选出最好的五封。真可笑！每个写信来的人都有展示自己特色的独特方式，但每封信的字里行间都有一个问题。那就是，她们跟帕特里克一样，自己的需求得不到满足。“该死的！”他心想，“没搞错吧？咱们的处境完全一样啊。”

就在这时，他在一大堆没拆封的账单里发现了一个小小的白信封。他若有所思地拿起来瞧了瞧，突然闻到一股栀子花的奇妙香气，这让他毫无缘由地燃起了希望。他撕开信封，惊讶地发现是一则贴在纸上的熟悉广告：

失物招领

拾得远见卓识之人的激情。

可曾有人于近日遗失此物?

……

随着他脑海中再次浮现出泽维尔的双眼，突然之间，其他信件都变得不重要了，甚至显得滑稽可笑。除非自己拥有什么有价值的东西能给她们，否则他根本无法去见任何一个女人。他确信，不然的话，那只会是自己上一段婚姻的重演。他根本不具备成功的必要条件——自信、激情、自我觉知……什么都没有！他只是个大草包！他必须再找泽维尔聊聊，告诉他，自己这一辈子都对世界深感不满。还有，他追求的一切都多么空虚、多么没意义。那个男人肯定会明白真理对他有多重要，他有多想了解人生的意义。如果说世上有人能理解，那个人一定是G. 泽维尔。帕特里克暗下决心："说什么也要让他收我为徒！为表诚意，我会在他家门口坐下不走了，直到他愿意收下我为止。他怎么也得收我为徒！"

"你怎么这么肯定他想收徒弟？广告上可没说呀，对吧？"彼得问。今天是周六，帕特里克再次开车踏上旅程，寻找那几棵枯死的铁杉树——通往他命运之路的路标。这一回，彼得陪他一起去了。照彼得的说法，这是为了证明帕特里克真的跟表面看起来一样蠢。

"我只是有种感觉，"帕特里克答道，"就像我受到了召唤，或是别的什么。"

“嘿，帕特，我跟你一样读过那些心理类的玩意儿，还记得不？那些关于巫师智者唐望（Don Juan）的书和《摩诃婆罗多》还是我借给你的呢。修行大师拉姆·达斯（Ram Dass）第一次来做演讲的时候，门票也是我给你弄的——还记得不？”

“你到底想说啥？是我忘了说‘谢谢’，还是怎么了？”

“不，我只想说，也许你有点儿被冲昏头了，也许你读到过关于神奇导师和门徒的奇幻故事。我觉得，你对报纸上那些话做了自己的诠释。”

“但那个人真的存在，”帕特里克提醒他，“他跟我说过话。”

“对啊，他叫你赶紧滚。他没说过做老师、师父或是别的什么。他只是个疯疯癫癫的老浑蛋，喜欢跟你这种天真无邪的小家伙开玩笑。”

“伙计，谢谢你这么信任我啊！”

“我是你朋友嘛，当然关心你喽——伙计，你知道我有多担心你。我不喜欢看到你像现在这样剃头挑子一头热。你老妈总说你想象力太丰富了。”

“对啊，我记得。她是会这么说，就像她总说是你带坏了我——我不该总跟你混。”

“伟人总是被人误解，”彼得模仿备受折磨的圣徒，伸手扶额，幽幽地叹息，“尤其是被他们朋友的老妈。”

“我只希望这条路也是我想象出来的。”帕特里克抱怨道，车子沿着小路前进，一路上各种颠簸、磕碰，“我总有一天会磕掉排气管上的消声器。”

两个人抵达棚屋后，帕特里克战战兢兢地走上前去，敲了半天门。

彼得在一旁不耐烦地又是催又是喊的。结果证明，那个男人根本不在家。

“说真的，那家伙到底去哪儿了呀？”彼得怀疑地问，“这里一看就不像有啥玩的地方，他都怎么打发时间啊？”

“我也不知道。说不定他会采果子，或是做点儿别的，要么就是跟动物交流。”

“人能跟动物交流些啥？话说回来，你跟臭鼬或者土狼又有啥好说的？能说的肯定很有限，你不觉得吗？”

“说不定他在冥想呢。”

“说不定他去看电影了呢。”彼得反唇相讥，“要是我住在这个鸟不拉屎的破地方，肯定会去——我会花很多很多时间看电影。瞧瞧这个鬼地方！”

“对啊，呃，反正他今天总会出现的。”帕特里克自己也不敢确定。

“那我把车开走，留你在这儿，行不？”彼得边说边朝庞蒂亚克走去。

“什么，你要把我留在这里？！”帕特里克惊讶地大喊。

“当然啊——你不是打算在他家门口扎营，等着证明你是个多大的傻子——我的意思是，多么诚心诚意追寻真理的人。”

“但他也有可能不回来啊！对一个根本不在这里的人证明自己，又有啥意义啊？！山里晚上可冷了，你懂的。”

“哦，你这家伙信仰不坚定啊。”彼得一脸嘲讽，“来吧，我们走吧，尽量别浪费周六剩下的时光。”

“周六？！”帕特里克狠狠地拍了一下自己的额头，“广告上说周一来！”

“还好你现在想起来了，”彼得连讥带讽，“现在，我们可以走了吗？”

“当然，”帕特里克拼命地点头，“但我下周一还会来的。”

每星期的求道之旅

“你怎么知道那家伙能教你什么？”驾车回城途中，彼得故意问道，“他都告诉你了，他什么也教不了你。他怎么就成了心灵导师？看在老天的分儿上，随便哪个人都能给你寄那个广告，毕竟你的朋友都爱耍宝。”

“你也是我的朋友啊。”帕特里克提醒他。

“对啊——懂我的意思了不？”

“我也说不好。我只觉得，这件事对我很重要。”

“随你怎么说吧。我真是搞不懂，住在这种鬼地方的家伙能教别人啥玩意儿。”

“不管怎么样，我都会搞明白的！”帕特里克坚定地大声宣布，“我会继续努力的！”

帕特里克说到做到。自此后，每周周一，帕特里克都会到旧棚屋恳请神秘的泽维尔先生将自己收归他的羽翼之下。每周，帕特里克都会发出不同的恳求：

“教给我真理吧。”

“告诉我人生的目的吧。”

“告诉我我到底是谁吧。”

“启发我走上开悟之道吧。”

还有一回，他说的是：“告诉我怎么才能找到灵魂伴侣吧。”

对于这个请求，G. 泽维尔报以哈哈大笑。但在过去的几周里，泽维尔的答复几乎一模一样：“我什么也教不了你……走吧，我没什么能教你的……请让我一个人待着吧，我对你一点儿用也没有……”

“好吧，”彼得安慰地拍了拍帕特里克的后背，兴高采烈地说，“我给你的勇气和决心打一百分！或者说是愚蠢和固执。真搞不懂你到底是勇敢还是傻。”

“我实在搞不懂，”帕特里克一脸沮丧，“我到底要怎么做，才能向那个浑蛋证明自己？我都往那儿跑了整整十周了！他到底想要我干吗？”

“帕特，你有没有想过，那家伙可能脑子有毛病？要是把方方面面都考虑在内，这件事说什么也算不上‘正常’。你为啥不干脆放弃呢？别让那家伙一直吊你的胃口。你原来人生的唯一目标就是寻找‘完美女郎’，那个帕特里克·肯尼迪跑哪儿去了？”

“我也不知道，”帕特里克答道，“一切看上去都毫无意义……毫无希望。”

“说得没错！你拿这个每周一次的出行做借口，免得发现自己在结识女人上太失败。得了吧，你是个好男人！不管对哪个女人来说，你都是老天的馈赠——该死的，要不是你胸毛太多，我都愿意嫁给你。你只需要自信一点儿。相信我吧，伙计。忘掉那个住狗窝的浑蛋，好好过你的日子吧。”

“好好过我的日子？”帕特里克若有所思，“这话到底是啥意思？我觉得我的日子从来就没好好过过——我做的很多事都是为了让别人开心，甚至是我从来没见过的人。彼得，你见过社交圈吗？真的看透了吗？管它到底是啥呢！我花了大把时间，想按照社会准则过日子，符合社会的标准，这样才能找到归属感，觉得自己有价值。我们都是这个大俱乐部的成员，大部分时间都在为它而活，但我们永远找不到真正的归宿。

“呃，也许我为这个泽维尔做的事不太正常，也不被社会所接受，但我要告诉你一件事：很多时候，我追求女人，只是因为我觉得自己应该这么做——为了被看成男子汉，或者为了被看成正常人。当然，我想要亲密关系，但主要是因为我觉得这能让我感觉被爱，不那么孤独。泽维尔出现以后，我才意识到，我的孤独深入骨髓，不是哪个女人能触及的。我内心空虚，什么东西、什么人都无法填补，哪怕是补上一点点。那么爱呢？当这种空虚让我觉得自己如此不可爱的时候，又怎么能感觉自己被爱着？

“我越是开车去那间小屋，就越能意识到内心的渴望。就算泽维尔是个彻头彻尾的大骗子，我从自己的愚蠢中学到的东西，也比从社会准则中学到的多。”

彼得低头盯着自己的啤酒。帕特里克为自己内心的新奇感受而诧异。这对他来说很陌生，但他觉得这是一种洞悉万物、平静安详的感觉。他也不知道自己到底明白了什么，但能感觉到一股奇怪的力量正推动着他朝未知的方向前进。那是一股善意的力量。他默默告诉自己，这就是心流[1]（Flow），要保持住。

过了一会儿，彼得站起身来，轻轻把手搁在帕特里克的肩头，咧嘴笑了笑："周一等着我，我想跟你一起去。"

爱走难走的路

"噢，又是你啊？这回你又想要什么？"泽维尔先生像往常一样穿着格子衬衫，脖颈上挂着双筒望远镜。不过，帕特里克的第十一次来访似乎让他略感不安。他的眼神中没有流露出任何蛛丝马迹，还是像之前每次那样闪烁着愉快的光芒，但语气有了些微妙的差异，表明这是帕特里克的最后一次机会了。帕特里克必须说出恰当的话来，否则就再也见不到眼前这个男人了。他犹豫了。说真的，他到底想要什么？他本可以列出无数个愿望，但有东西在啃噬他的内心：到底哪个才是他真正想要的？他真的了解自己，知道自己想要什么，理应拥有什么吗？如果他都不知道自己到底是谁，又怎么能知道自己想要什么？他垂头丧气，肩膀也耷拉了下来。如果不是有那股让他根植于当下的心流，他肯定会扭头就走。

"我叫帕特里克·肯尼迪。抱歉。"

"用不着道歉，这名字也没那么糟。"男人调侃道。

1　心流：积极心理学中的重要概念，指一种极致的幸福体验，通常译为福乐、心流、流畅感、心理流等。——译者注

“很抱歉，”帕特里克重复了一遍，声音低到几不可闻，“我也不知道我想要什么。”

男人不动声色，细细打量了他一番。帕特里克觉得时间仿佛停止了，整个世界都化为了虚无。

“你总算说出来了！现在，我终于能教你点儿东西了！”泽维尔先生突然大声说，像是放下了心头的大石，甚至带着几分感激。他递给帕特里克一张名片：“明晚七点到这个地方找我——别迟到。”名片上的门牌号离帕特里克住的地方只隔三四栋楼。

“嘿，我就住在这条街上！”

“我知道。周围环境挺不错的，是吧？”

“但是，你不是住在这里吗？”

“什么，这个鬼地方？我干吗要住在这里？我每周只来几次，来观鸟。”

“那为啥我这三个月要大老远跑来这里？”帕特里克质问道，又羞又气地涨红了脸。

“问得好，”男人答道，“但先回答我一个问题——为啥你这三个月要大老远跑来这里？”

“答案很简单，”彼得接过话茬儿，“他不管做啥，都爱走难走的路——他觉得只有这样才能有收获。要付出才能有回报。”

“这恰恰回答了你的问题。”男人笑了起来，帕特里克故意装作一脸困惑，希望他的新老师能具体说明，但男人只是笑得更大声了，“明晚七点，准时到。”

彼得向前一步，伸出手去："顺便一说，我叫彼得。"

"嘿，彼得，我是加思。"泽维尔先生答道，跟他握了握手。

"明晚，我能去吗？"彼得问。

"当然可以。"加思答道。帕特里克强忍怒火，总算是没当场发作。老师冲他微微一笑。"只是跟我的直觉走。"他简短地解释道。

开车回家的路上，帕特里克始终一言不发，就连彼得提出请他喝酒，他也只是闷哼了一声。第一轮酒端上来之后，两个人都默默地坐着喝。不过，彼得可没法沉默太久。他缠着帕特里克，问他到底怎么了，甚至威胁说要喊女服务员过来，说帕特里克爱上她了。最后，帕特里克终于绷不住了。

"这不公平！我这么勤勤恳恳，你不过是个骗子！"他低头盯着桌面抱怨道。

"你在说啥呀？"

"所有的事都是我做的，你又跟往常一样蒙混过关了。"

"我怎么蒙混过关了？"

"该死的，我给了你通关密码！"

"什么通关密码？"

"我不知道。"

"那你怎么知道你给了我密码？"

"不是！'我不知道'就是密码！"

"真神奇！"彼得一撇嘴，"我觉得像回到了小学！你就跟个小屁孩似的！"

“我接连往那里跑了三个月，费尽心思请他收我为徒。那三个月里，你一直坐在这里，笑话我，喝酒喝到吐。你只见过他一回，他就让你去了——我之前做了那么多事啊！这不公平。”

“嘿，别担心，帕特。你把这太当回事了。”

“问题就是，你根本不把这当回事！”

“我都不知道这到底是啥。”

“那你为啥说要一起去？”

“我也说不好，”彼得调侃道，“也许是为了能偶遇姑娘吧？”

“啥？”帕特里克难以置信地脱口而出，“在该死的森林里？”

“我可不在乎是在哪儿偶遇的。”大块头彼得耸了耸肩，“不过，我想的更多的是他教的东西。你想想啊，也许这个泽维尔是在搞邪教。如果真是这样，得有人掩护你才行——说到底，你实在太天真了。但如果他是个真正的大师，说不定他有很多粉丝，像他那样的男人肯定会吸引不少美女信徒。要是这样的话，我就找对地方了！”

“你不是说真的吧？”帕特里克满腹狐疑。

“为什么不呢？”

“彼得，我们说的是修行啊。”

“难道性爱就不算修行？”

“当然不是！我是说，那当然算是一种修行了，但我们说的不是这个。我是说，有时候它是……”帕特里克越说声音越小。

“帕特，只要你明白就好，这才是最重要的。你瞧，咱俩都不知道咱们被卷进了什么破玩意儿。你觉得它会让你变成某种远见卓识的修行者——不管那到底是什么玩意儿，如果真能这样，那就太好了！但今天见到那个男人以后，我可以告诉你，事情绝对不会像你想的那么美好，我只是不想现在就把话说死罢了。你最好别去设想‘事情该怎么发展’，不然你肯定会失望的。干杯。”

“话说回来，你怎么这么了解这些玩意儿？”帕特里克一脸疑惑地问。

“嘿，”彼得摆出杰克·尼科尔森（Jack Nicholson）在电影《闪灵》（*The Shining*）中阴森大笑的表情，“我可是这世上的修行奇人呢！”

两个人又一言不发地喝了一会儿酒，思忖第二天可能会发生什么。最后，帕特里克看着他的朋友说：“老兄，我不知道你感觉怎么样，但我觉得脚底下的地板像要塌了。要么真是这样，要么是你往我的啤酒里掺了烈酒。”

迟到是一种抗拒的形式

“这才像话嘛。”彼得说。两个人刚刚走进两个街区外一座宏伟的石制建筑物。他们以前常常路过这里，但屋前有一道高大、茂密的树篱，所以他们从来没见过里面。“嘿，瞧瞧这个！”彼得念出门框边铜板上镌刻的文字，“加思·泽维尔医生，博士。好吧，我猜他挺爱做广告的。他干吗不干脆把证书挂在门口得了？”

“我也不知道。”帕特里克心不在焉地答道，他略感失望。他一直很崇拜修行大师，但总觉得真正的修行大师应该是圣洁无瑕的，不在乎所谓的金钱和头衔。

加思·泽维尔打开门，微笑着领他们走进一间布置得温馨的书房。书房里有一张双人沙发，还有三把椅子，上面摆了不少软垫，看着就挺舒服的。两个人各选了一把椅子坐下，环顾四周维多利亚时代风格的室内装潢。

“现在，你们俩在抗拒什么？”老师在第三把椅子上坐下，面对着两个人，爽朗地发问。

“我不知道。”彼得答道。

“我也不知道。我一直在期待这一刻。”帕特里克补了一句。

“你们迟到了四分钟。”加思指出。

“抱歉，我俩总是迟到。”彼得解释道，“对我们来说，这其实都算早的了。”

“明白了。”

“真的很抱歉，”帕特里克突然心生愧疚，“我保证，下次一定按时到。”

“别往心里去——这是你们的第一课。迟到是对学习过程的抗拒，也是向别人发出信号，说明你不信任对方。当然，还有纯粹是不尊重别人。”

“没错，”帕特里克怯生生地说，“您说得对。真的很抱歉。”

“这会不会只是我们养成的习惯？”彼得问道。

“嗯，那习惯是从哪里来的？”

“我也说不好。自打记事起，我就干啥都迟到。”

“好吧，如果你不知道习惯是从哪里来的，就不知道它会把你引向何方。你有没有听过一个说法：‘播下想法，收获行动；播下行动，收获习惯；播下习惯，收获个性；播下个性，收获命运。’”他们俩都没有听说过，但加思没等他们回答，就接着说，“用不着为此踏上负疚之旅，只需要觉察到这个过程。

“我要教给你们的一切的关键就是负责，学会为生活中发生的事——发生的一切负责。这么一来，你们就能找回自以为失去的东西。为你们的迟到负责，觉知就会让你们找回选择这个习惯时放弃的宝贵品质。”

“好吧，我很抱歉，”帕特里克重复了一遍，“我保证，这种事再也不会发生了。”

“当然会，帕特，”加思温和地说，“不然你就得把负罪感放在其他地方。你瞧，负责并不意味着负疚，负责意味着意识到你这么做的目的。这就需要你敞开心扉，而指责、愧疚和自我批判绝不会让你敞开心扉。帕特里克，你觉得愧疚和道歉能让你成为好人，但其实它们只会让你陷入泥潭。”

“老天啊，泽维尔，要是我们没有负罪感，整个社会都会陷入混乱！”彼得反驳道，“大家都会像没头苍蝇一样乱转，想干啥就干啥。”

“天啊！”加思装作一脸震惊，“大家都做自己真正想做的事？这可绝对不行！”

“你懂我的意思。现在，犯罪和暴力问题已经够多的了，要是没有良知阻止我们变坏，整个世界都会陷入疯狂，大家都会抢劫、杀人。”

“你对你的同胞评价可不高啊。”

“确实，”彼得承认，“而且每天都在降低。”

“这样吧，我们一件事一件事慢慢来。就目前来说，尽量准时抵达。如果你迟到了，就问问自己，你迟到的目的是什么。”

“好吧，我真的不会再迟到了，我保证。”帕特里克真心诚意地表示。他对新老师就像狗狗对主人似的，这种古怪的感觉让他自己都吃了一惊。

“现在，我们从远见卓识之人的第一法则说起，好吗？”

“呃，”彼得插嘴，“今晚只有我俩吗？我是说，没有别的……呃……学员？”

“学员……你是说女的，对吧？啊哈，你跟我想到一块儿去了。不过，至少从目前来看，只有我们三个。现在，你们准备好学习第一法则了吗？”

我浪费了三个月的生命

“当然。”两个人齐声回答。“拜托了。”帕特里克补了一句。他已经做好了心理准备，希望能让心灵受到震撼，他即将踏上自己毕生都在追寻的道路！

加思吟诵道：“今天能做的事，绝不拖到明天。”

说完后，他就靠回椅背，观察两个人的反应。对面的两个人沉默良久。帕特里克简直惊呆了，他浪费了整整三个月追逐另一个愚蠢的幻想，在某个怪人身上浪费了这么多宝贵的时间。这家伙如果不是受了误导，就是蠢得无可救药。他怎么能这么傻，竟然傻到期待获得某种狂野不羁、超凡脱俗、如梦似幻的体验，被带进某个充满魔法和奇迹的世界？这种事只会发生在书里！像丹·米尔曼或卡洛斯·卡斯塔尼达这样的人能展翅高飞，或是踏上奇妙旅程，劳卜桑·拉姆帕（Lobsang Rampa）甚至能踏上星际之旅。但像帕特里克这样的人，只能坐在中产阶级的书房里，被人提醒“今日事今日毕”！他简直难以置信。今天能做的事，绝不拖到明天——这算哪门子的大智慧啊？

“得了吧。”彼得喃喃自语道。

“你们没被深深震撼？”加思一脸无辜地问。

“完全没有！”

“无意冒犯，泽维尔先生——我是说，博士。”帕特里克忍不住插嘴，“只是我们在寻找某些更……呃，我也说不好……更深刻的东西，我猜是吧。”

“一年级学员只能上一年级的课。”老师回答说。

“一年级？”彼得提出抗议，“一年级？博士先生，我也许是没有博士学位，但我在这方面也是上了道的，你知道不？”

“他甚至过了几次街呢。”帕特里克调侃地补了一句。他很少见彼得这么失态，不禁看得津津有味。

“我读过很多哲学和修行方面的书，书上写的都比你说的深刻得多。”彼得接着往下说。

“是真的，”帕特里克向老师保证，“他也许看着像个蠢货，但其实是个读过书的蠢货。”

“没错！”彼得扬扬得意地说，“等等，什么鬼？”

“我在帮你撑腰呢，伙计。”

“多谢了啊，帕特里克，”彼得连讥带讽，“有你站我这边，我真是好有安全感哟。”他转身面对老师，接着说，“重点是，博士，你刚才用来启发我们的那句话，小时候奶奶就对我说过好多遍了。”

“唉，可惜你没听进去。你原本可以走向第二法则的——女士们可都在那儿等着呢。”

“第二法则是什么？”彼得发起了挑衅，“过马路要先左瞧瞧右看看？”

“彼得，”老师的语气还是那么戏谑又放松，“你能活在明天吗？”

“你这话什么意思，博士？”

“喊我加思就好。”他又转身问帕特里克，“那你呢，肯尼迪先生，你能活在明天吗？”

“呃，我猜可以吧。今天是周二，所以到周三，我就活在明天了。”

“不，”加思纠正道，“你活在周三的时候，周四就变成了你的明天。”

“好吧，话是这么说没错，”彼得点头承认，“所以呢？”

“你们俩生活中的一个重要问题就是拖延。远见卓识之人决不会拖延，他们活在今天，回应今天的需求。他们不会把要做的事搁在一边，留到明天再做，因为明天就是全新的‘今天’，有自己的需求。”

“我被绕晕了。”彼得表示。

“远见卓识之人懂得，在头等要务出现时要及时回应。”老师接着说，“这让他们始终关注当下。此外，这也为他们节省了很多精力。”

“对啊，但这跟我们有啥关系？”

“你觉得我有多大岁数，帕特里克？”

“我也说不好，四十三或四十四吧。”

“我猜四十一。”彼得插话。

“我下个月就六十一了。”

“就扯吧你！”彼得提高了音量，“……我是说，你是开玩笑的吧？”

“我没开玩笑，彼得。要向你证明这一点很简单，但我希望你能相信我说的。事实上，我现在看起来比四十多岁的时候还要年轻。虽然我会注意饮食和运动，但也没那么注意。信不信由你，我能有现在的身体状态，主要是因为不再拖延，能马上做的事决不拖到以后。拖延会浪费精力。瞧瞧五六岁的小孩——他们在自家后院玩球的时候，比奥运选手还要精力旺盛。这些精力是从哪里来的，又去了哪里？”

“人会变老，”彼得颇为理性地分析说，“仅此而已。”

“这就是个说话不负责的好例子——谢谢啊，彼得。事实上，五岁的小孩要比成年人更接近本质，而人的本质要比沉溺往昔或思考未来的时候更接近当下。”老师微笑着站起身来，走向座椅右边的画架，拿起蓝色马克笔，在架上的白纸上点了个小点儿，“生活中会出现需要完成或解决的问题，这就是所有问题的起点。它有存在的目的，也有特定的能量。如果你试着忽略它，或者把它搁在一边，就会阻碍心流，导致体内产生压力。如果你开始做，但没做完……”他先画了半个圆，接着又画了一条波浪线，向白纸下方延伸，“能量就会渐渐耗尽，就像这样。但如果你开始做，做到让自己满意的地步，”他画了一个完整的圆，“就会积聚更多的能量，以便迎接下一次机遇。如果有很多半圆或阻隔，能量就会受束缚或流失掉，你就无法拥有原本属于你的能量。拖延症患者特别擅长给生活制造干扰。”

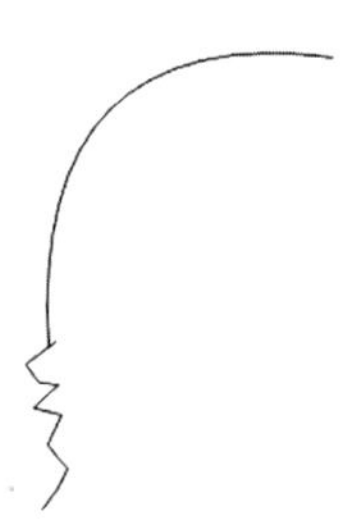

“干扰什么？”

“干扰你的本质，肯尼迪先生！干扰你的激情！”加思把手伸到椅子底下，掏出两块写字夹板和两支笔，“给，拿好了。请各列一份清单，列出生活中所有未解决的问题和未完成的任务——事无巨细，什么都行，只要是你们一直拖着不做的事就行。另外，如果有些事是习惯性拖延，就在旁边画个星号。我给你们半个小时时间，所以不用着急，好好想想。”

说完，加思就离开了房间。两个学员面面相觑，耸了耸肩，像是说“管他呢”，然后埋头做起了老师布置的任务。

帕特里克的脑海里浮现的第一件事是换灯泡。他一直想换掉走廊的灯泡，但已经过了……整整六周了！他的清单列起来毫不费劲儿：图书馆借的书还没还 *、该写的信还没写 *、杂志的编辑翘首以盼的稿子还没交 *、水槽里堆积如山的餐具还没洗 *、月度账单还没付 *、还没跟牙医预约看牙时间 **、电话答录机的留言还没回复 *……随着清单越列越长，他的内心越来越焦虑，身体也越来越疲惫。随着一件件未办事宜浮现在脑海中，他发现自己被“必须得做了”的念头吓得畏缩不前。

半个小时后，他已经写满了整整两页纸。加思走进屋里，帕特里克就递上了自己的清单，不禁有几分惭愧。彼得交上清单时，脸上的表情让帕特里克大吃一惊——这个大块头竟然也会脸红！老师看了一遍清单，然后交还给他们：“头开得不错，回家继续。”

“您是说我漏了什么？”帕特里克满腹狐疑地问。

“你写的只是些皮毛。这些都是必须处理的事，但没有触及真正的重要任务。”

“什么样的重要任务？”彼得问。

“你有没有问过自己，为什么老是把所有的事都拖到最后？”加思反问。

“问过啊，”彼得没好气地答道，“因为都是些破事。”

“那么，为什么你的生活里会有那么多破事？”

“嘿，伙计，破事躲不过啊——你又能怎么样呢？”

“哇！你说话还真是不负责啊，对吧，彼得？”

“你瞧，”彼得一口咬定，“抵押贷款、账单还有工作又不是我创造出来的。这些玩意儿都是生活中原本就有的——如果我想在这个社会上活下去，就得做该做的事。这又不意味着我爱做，对吧？”

“听起来真有反骨啊，”老师乐呵呵地回答，“所以你拖着不去做该做的事，是因为你不想过多地参与这个体系。设想一下，假如有更深层的理由让你拖着不去做，它让你不去做什么？”

“我没懂你的意思。”

“生活中发生的所有事都是有目的的。作为人类，我们完全受目的驱动。问题在于，到底是谁的目的——是我们的自尊，还是自我的其他组成部分？你会犯拖延症——从这些星号来看，拖延是你俩一贯的生活方式。是因为拖延要么让你能做某件事，要么让你不用做某件事，或两者兼而有之。你拖着不去做，就避开了这个体系。但是，你不用去做的是什么？”

“别的事。”帕特里克脱口而出。

“比如什么？”

“比如别的事。我是说，如果有人打电话找我，我手头有很多事没做，就可以说我太忙了，没空聊天或者出去聚会。”

“对啊，”彼得接过话茬儿，“或者，如果有人要我帮忙，我又不想去帮忙，就可以说我还有好多事没做完，得留在家里忙这些。”

“还有什么？”加思问。两个人又断断续续地说了一些，其中有些说法相当“令人发指”，比如故意拖着不做某件重要的大事，就可以找借口不去做琐碎的小事，因为“大事都还没办完呢”。

“很好！”加思向两个人表示祝贺，“现在，你们看出这些理由的共同点了吗？”

“嗯——我们都是大懒虫。”彼得答道。

“即使偷懒也是有目的的，偷懒让你觉得能掌控自己的生活——还能避免做出承诺。”

“呃，”彼得双手捂住肚皮，装作肚子疼，“‘承诺’——字典里最叫人想吐的两个字！”

“我说的不是日常活动和义务——我说的是缺少对自己的承诺。只要你脑子里塞满了拖拖拉拉不去做的那些事，就用不着去反省自己了。你们上一回把自己放在第一位是什么时候？”

“你这话啥意思？我总是把自己放在头一位！”彼得大言不惭地宣布。

“真的吗？”加思眉毛一挑，深表怀疑，“好的，我希望你们再列个清单——列出你们的头等要务。先一个一个写下来，再根据重要程度给它们编号。”

“什么？您是说责任和目标，还有类似的玩意儿？”彼得不知不觉举起了手，就像回到了小学课堂。

“在你们看来最重要的活动、目标或追求都行。慢慢来，想到什么就写什么。”加思走出房间，让他们好好思考。

我到底为谁而活

这一回，帕特里克的清单列得就没那么顺利，也没那么迅速了。判断哪些算“头等要务”是一项艰巨的任务，不过最后他还是好不容易写满了半页纸。上面有他的咨询工作、读书、健身、他在心理研究所读的夜校课程和家庭作业、空闲时间探望女儿、跟朋友聚会、保持工作和生活空间井然有序。他看着这份清单，突然意识到上面的好几项都跟未办事宜清单重复了，而且大多数旁边都标了星号。他比彼得先写完，就扭头去看彼得写了些什么。彼得刚列完的清单比帕特里克短得多，具体如下：

品美食 # 3

喝好酒 # 2

滚床单 # 1

工作——赚大把钞票 # 4

谈恋爱 # 5

滚床单 # 6

“嘿，你把‘滚床单’写了两遍。”他提醒彼得。

“我就爱滚床单，”彼得答道，顺便瞄了一眼帕特里克的清单，“你忘记编号了。”

帕特里克赶紧把注意力放回自己的清单上。加思进屋的时候，他刚刚写下最后一个编号。加思简单看了看两个人的写字夹板。“呃，两位，”他评论道，“我发现，我们的任务很艰巨呀。”

“这话什么意思？”彼得问，“瞧瞧我这清单，我觉得我干得挺不错呀。”

老师平静地看着他，然后望向帕特里克：“你们的清单是同一枚硬币的正面和反面。帕特里克，你的就像个悲惨故事，统统是自我牺牲和吃力不讨好。话说回来，你是做什么工作的？”

“我是个心理咨询师，针对个人的，主要处理私人问题和亲密关系问题。”

“你有时间留给自己吗？光是看这份清单，我就觉得你忙着处理别人的问题，忘了自己。这上面统统是自我牺牲。你是不是总担心这个、担心那个？”

“这话什么意思？”

“担心别人的感受，担心你的工作没做好，担心别人对你有看法，担心你的穿着，担心你的外表……担心朋友们不喜欢你？我发现，除了探望女儿，没有哪件事是你为自己做的。”

“不是还有健身和读书吗？还有跟朋友聚会！”帕特里克争辩起来，不明白老师怎么能从那短短几行字里看出这么多东西，“这对我来说已经足够了。”

“别误解我的意思，帕特里克。我不是批评你做的这些事。不过，如果我说错了，请及时指出：你健身的时候，心思真的不是在别的地方吗？你跟朋友聚会的时候，多少次只是为了履行‘做朋友的义务’，有多少次是为了满足自己？或者说，是为了让你得到刺激，让你的肾上腺素狂飙？你做这些事真的不是为了消磨时间，好让自己不用多想？就连去看女儿——我确信，你很珍惜这段时光——我敢打赌，你也得为此付出代价。在见到女儿之前，你得跟前妻闹上一周吧？你知道你得付出多少努力才能在女儿身边占有一席之地了吗？”

“嘿！”彼得惊呼起来，“这家伙肯定是雇了私家侦探跟踪你——不然怎么能说得这么对！”

帕特里克没有作答，脸上红一阵、白一阵的。

“事实上，彼得，你做的事跟帕特里克一样，只不过用了相反的方式。帕特里克过着苦行僧般的生活，你则是典型的花花公子。所有的喝酒和毫无意义的性爱，都是为了掩饰你不愿接受生活给予你的东西。”

“喝酒和滚床单又有啥不对的？”彼得早就做好了反驳的准备，“喝酒、上床是人生来就有的本能——只是那些胡说八道的宗教想控制大家，才说回归本性是不对的。”

“这没有什么‘不对’。放纵只是一种习惯，免得你被生活吓一大跳。不仅如此，放纵其实是你在回应自己为世界做出的牺牲。”

“我才不会为别人牺牲自己呢。”彼得大言不惭地说。

“我不是要戳破你幻想的泡沫，”老师冷静地说道，“但只要你没有活出本色，没有发挥出全部潜能，或是没有学着这么做，那就是在牺牲。你是个有远见卓识的人，彼得，但你没有活出本色。”

帕特里克实在搞不懂，为什么泽维尔先生这么直言不讳，他都不觉得自己受了冒犯。泽维尔先生身上的某种特质——可能是毫无恶意吧——让人很容易接受他说的话，他看起来完全不像会害人。

“信不信由你，一切取决于你怎么看待这个世界。内心深处，你们都自认为是受害者——就像你们被抛在了这颗充满敌意的星球上，凡事都只能靠自己。”

“呃，过去的经历告诉我，这么评估目前的状况还挺恰当的。”彼得说。

“而且，如果你们这样评估周围的环境，自然会想出某种应对的方法。帕特里克对自己身在此处感到抱歉，努力工作并试图讨好所有人，以此证明自己有价值。彼得遵循弱肉强食的丛林法则，占据大量资源，想做什么就做什么，想怎么做就怎么做，时不时对别人发起挑衅，证明自己不属于这里。但你们俩都没做自己真正想做的事，没过自己真正想过的日子。”

自己永远是第一优先

“我只想说，你们的做法、习惯和行为模式反映了一种忠于外界的态度。与此同时，你们的内心正在挨饿。你们以为自己能对外界造成影响，你们看着外面的世界说：‘生活就是这样，所以我要这么应对。’但根据远见卓识之人的法则，你们其实并不能影响外界。你们现在的处境是有因果的。帕特里克，你总在费尽心思地讨好全世界，不得不将世界视为充满敌意、毫不宽容的。这种态度强化了你对外界的看法。彼得呢，你想要什么就拿什么，对所有人发火、撒气，这种态度将世界变成了弱肉强食的荒野丛林。这纯粹是因为你牺牲了自己的本质——独具天赋的巨人。”

“老天啊！”彼得看着帕特里克，“这家伙真是直戳要害啊！看来他雇了侦探跟踪我们俩！”

帕特里克无语地耸了耸肩。

老师继续说道：“你们缺少的是远见卓识之人的决心。真正的远见卓识之人知道自己才是最重要的，他们从来不会把外界放在第一位，把自己放在第二位。他们将世界视为自身态度和信念的反映，下定决心决不向牺牲或放纵投降。正如远见卓识之人所说，你需要意识到：你看到的东西都是你选择看到的。听我一句，你们可以选择换种方式看问题。”

帕特里克那天晚上第一次感觉到不自在，觉得加思说的并不完全正确。不过，他被老师的自信和魅力深深吸引了，很快就把那种感觉抛到了脑后。

“远见卓识之人的决心容不下任何拖延，他们会直奔真理，不会在清醒时刻留下未办事宜。看看你们的未办事宜清单吧。你们甚至没有提到过去的恋情，或者与家庭有关的负罪感。你们不去直接应对，而是试图忘记它们的存在，或是通过辛勤工作和自我牺牲来做弥补，这样就不用面对它们了。但是，你们只会在这个‘洗牌’过程中失去自我。等轮到你们出牌的时候，你们可能就没牌可出了，甚至都被踢出了牌局。”

“哇！”彼得惊呼，看起来真的深受震撼，“要是你说的话有一半我能听懂就好了。听起来是挺不错，但我还是不太明白。过去的事就是过去了，我才不会浪费时间去想呢，因为它们早就结束了。当然啦，很多事我都希望没发生过，但在我看来，那不是什么未办事宜。事情已经结束了。”

“你刻意不去想，或是想起的时候没什么感觉，并不意味着它不会影响你的生活。我花了很多时间探索潜意识——既有我自己的，也有其他人的，发现有一样东西总是冒出来：就潜意识而言，以前没解决的问题仍会继续存在，会直接影响今天发生的事。”加思停下来，看着面前的两个年轻人，微微一笑，“你们不信我说的，对吧？别担心——听下去。这才刚刚开始呢，马上就要渐入佳境了！我们这就要说到学费问题了。”

“啊？”帕特里克嘟囔道，“麻烦再说一遍？”

“如果你们想学，就得交一万六千美元。课程至少持续八个月，具体时长由我决定。”

“老天啊，”帕特里克说，“我没懂。我想……我是说，我真的没明白，关于钱的事。抱歉。”

“你是说，你觉得学这个是免费的？”

“不，其实我都没想过。我只是以为会是自愿捐献，或是别的什么，因为这是修行嘛。”

“修行？我可没说过学这个是修行。”

“那您怎么称呼它？玄学？新纪元？还是别的什么？”

“我也不知道，”加思一脸无辜地答道，“我从来没想过这个。也许是该给它起个名字的。‘奇迹心理学’听起来怎么样？”

“该死的，我从来没听说过克里希那穆提（Krishnamurti）还有其他大师收钱才教徒弟。”彼得说，“你有这么大的房子，这么大的产业，还要钱干吗？”帕特里克被他朋友直截了当、傲慢自负的态度吓得畏缩了，但加思并没有惊慌失措，看起来似乎还挺享受的。

“首先，”他答道，“我需要钱来维护这么大的房子和这么大的产业。但我拿钱干什么跟你又有什么关系呢？也许我会把它们全捐给特蕾莎修女，也许我会把它们全塞到床垫底下。如果你们不想掏这么多钱，我也理解。祝你们生活愉快，很高兴遇见你们——我跟你们俩聊得很开心。

但换个角度想想：如果你们准备跟我学，但完全不知道能学到什么，这将是为数不多的你们完全为自己做的事，而不是出于其他任何理由。没有解释、没有保证，只是听从心声的指引，就像它指引你们来到我的山间小屋。如果同一个声音指引你们跟我学，那就接受吧。如果它指引你们去别的地方，那也乖乖听话吧。毕竟，如果连自己的心声都不信，你们还能信什么呢？”

“我什么声音也没听见。”彼得立刻反驳。

“事实上，我也没听见。”帕特里克连声附和。

“那可能是我猜错了。”加思乐呵呵地宣布，“下一堂课是周六上午十点。如果你们来的话，请带上第一笔学费两千美元。如果你们不来的话，也祝你们生活愉快！但至少记住远见卓识之人的决心，包括意愿和决心。愿意把自己——真实的自我摆在生活中的第一位，决定接受生活呈现给你的所有机会，不管它们最初看起来是什么样子。”

两个人离开的时候，在老师关门之前，帕特里克转身问道：“呃，加思，大概三个月前，我在邮件里发现了一个空白信封，里面有您的广告——就是您登在征友栏的那个，是您塞进我家信箱的吗？”

“当然，”加思点头承认，“我总得引起你的关注嘛。”

“但您怎么知道我会感兴趣？我是说，为什么选我？”

“我只是做了上天叫我做的事，”加思解释道，“有一天，我在餐厅看见你，内心有个小小的声音告诉我，你受召成为远见卓识之人，我应该帮帮你。”

帕特里克惊呆了。再度开口之前，他先咽了一口唾沫：“我想，我这辈子一直在寻找您。”

“我倒觉得，你这辈子一直在寻找你。”老师反驳道。

我内心深处想试试

回家的路上，两个人都默然不语。帕特里克走上自家车道时，彼得甚至没有说“再见”。帕特里克整晚都辗转反侧，脑海里有两个声音争执不休。理性而实用的声音告诉他，不管他对泽维尔博士有什么感觉，他根本就掏不出一万六千美元。另一个声音则坚持表示，不能用金钱衡量泽维尔博士提供的东西。如果他真想去上课，总能弄到钱的。这种痛苦折磨持续了一整夜。第二天，他一直若有所思，办事效率极低。接过来访者付的咨询费时，他觉得万分愧疚，因为他人在心不在，对方说的话他最多只听进去了一半。下午，前台小姐好心指出他开账单的时候犯了个小错误，他却大发雷霆，拒不承认，反而一口咬定是她的错。后来，在意识到确实是自己的疏忽后，他在办公室里躲了两个小时，因为惭愧和内疚而动弹不得，根本无法出去面对她——就连憋尿都快憋炸了也不肯出门。他甚至有个疯狂的念头，希望她会愤而辞职，这样就能免掉下次跟她打交道的尴尬了。

等待前台下班离开的同时，帕特里克一直在思索自己的困境。到她离开的时候，帕特里克已经做出了决定：加思为修行收这么多钱是不对的。就连嬷嬷尊母也没有为教导收费，只是让大家自愿捐献。当然，捐献的金额很大，而且她有好几千名信徒，这足以让她富得流油，可还是……

不，修行就是不该收费。所以，加思·泽维尔不适合做他的老师，帕特里克不会去上他的课。他对自己的这个决定非常满意，他随后给前台小姐写了封道歉信，放在她桌上。最后，他穿上外套，离开办公室，准备去酒吧找彼得吃晚饭。他确信，彼得也会得出同样的结论。脑海中的两个声音都沉默了，他顿时觉得心平气和，浑身充满暖意。

乍一眼看起来，彼得这一天过得似乎并不比他好多少。当帕特里克在麋茸酒吧见到他时，他看起来已经醉醺醺的了，还在拼命灌酒。

“你今天过得怎么样？”帕特里克刚一屁股坐下，彼得就问。

“棒极了——你呢？”

“糟透了。”

“呃，也就是说，跟往常一样喽？”

“对啊。话说回来，昨晚到底发生了什么？”彼得说话并不含糊，动作也挺协调，尽管他显然已经灌了不少啤酒。

“反正我是一头雾水！”帕特里克答道。

“你懂的，我就爱滚床单。”大块头彼得宣布。他俯身向前，压低声音，就像在揭开一个深藏已久的秘密：“每天至少有九成时间，我都想着美女，或者看着美女，就连做梦都想着这事儿。除了赚钱，喝高、滚床单就是我的人生目标。”

“对我来说，这又不是新闻。”帕特里克表示。

“昨晚，那家伙把我的生活翻了个底朝天，就像它是一堆垃圾。他告诉我，我所有的人生目标都是一坨屎。”

“伙计，你当时看起来还挺受震撼的嘛，我都没听你跟他吵起来——就跟你往常那样。”

“他说得那么头头是道，我都没意识到他叫我丢面子了。”彼得承认。

“呃，我倒没什么，直到他提到了钱。老天啊，大学一年的学费都没那么多。况且，他也不会提供什么超棒的奇幻体验。我知道我这辈子过得一塌糊涂——光是换个灯泡、洗个碗又能有啥用？花一万六千美元，就为了让人告诉我‘今天能做的事就别拖到明天’？那下一堂课会是什么？难不成是‘早起的鸟儿有虫吃’？”

“呃，我们等周六就知道了，对吧？”

“什么？！”帕特里克激动地大喊起来，“难道你还打算去？”

“当然啊。难道你不去？”

“花一万六千美元？门儿都没有！你为啥要去？你又不会碰上什么巫师萨满，也不会突然就大彻大悟。看在老天的分儿上，那就像上整整八个月的主日学校！”

“那家伙告诉了我生活的真谛，帕特里克。没有哪种毒品、迷幻蘑菇，甚至是女人做过这个。我没法解释给你听，不过……瞧瞧，咱们都三十岁了。咱们都在书上读到过，也听到过别人身上发生了特别疯狂的事，不过那听起来真的好遥远。要是咱们能遇到某个巫师或大师，能领略到真正的魔法，那不是很好吗？这么想一想、说一说是挺不错的，可是……”他停下来，绞尽脑汁地寻找恰当的词语。帕特里克被朋友突然迸发的激情震撼了。如果说话的人不是彼得，他会发誓这番话是发自肺腑的。

“可咱们从来没遇到过，帕特。现在，我都不确定书里那些人真的遇到过了。就算他们真的遇到过，那又怎么样？我只知道，咱们一直在聊那些玩意儿，希望它们发生在自己身上。但与此同时，我的生命在一点点流逝。就像我说的滚床单：我一直在想它，可是……最近，我更多的是在脑子里享受滚床单，而不是真的享受它。生活还在继续，我却没有活在当下。也许泽维尔那家伙不是什么巫师，也不是什么星际旅人，也许这门课会无聊透顶，但说实话，伙计，我的生活本来就无聊透顶了。这就是我为什么会花这么多时间把自己灌醉。”

“花花公子总算是坦白了啊。”帕特里克惊诧不已，“那钱怎么办？一万六千美元可不是个小数目啊！”

“我花在赌马上的钱都比这多——或是用来给后来没跟我回家的女人买酒。”彼得颇有哲理地答道，“就像他说的：说到底，我们有多少事是为自己做的？如果不把钱花在自己身上，那赚钱到底是为了啥？”

“我也说不好，”帕特里克还在“负隅顽抗”，“我只是觉得，为这种事向人收钱是不对的。况且，我们不一定会喜欢，也不一定能学到啥。”

“你破产了，对吧？”彼得的这句话更像是陈述事实，而不是发出疑问。

帕特里克颇不自在地换了个坐姿，说：“也不完全是啦，不过……”

“把你的车卖了。”

“我的保时捷？你疯了吗？那辆车是我买给自己的！那是我买给自己

唯一值钱的玩意儿。”

“少瞎扯了！你买它是为了气前妻——让她觉得你在约比她年轻的女人。”

“好吧，那又怎么样？”帕特里克耸了耸肩，“报复她也是我为自己做的事。”他停下来思考另一个选择，“我想，我可以卖掉那辆庞蒂亚克……”

“那辆老掉牙的破车？二百美元到顶了！”

“呃，他的大智慧太贵，我买不起，那……”

彼得又灌了一大口啤酒，打了个响嗝：“呃，我也说不清，但我内心深处的某个东西想去试试。我不知道是他说的那个声音，还是我看腻了人生中的破事，但我有种感觉——接下来的一段时间里，我会常常见到泽维尔先生，你也会。”

“彼得，你知道什么我不知道的东西吗？我每次去那个窝棚找他，你都说我彻底疯了。现在，我觉得这件事彻底疯了，你却变成了伟大的追寻者。为啥我们总是这么换位置？为啥我们的看法永远不能达成一致？”

“因为你的看法永远是错的，”彼得解释道，“别紧紧攥着钱包了，承认你也想再见他吧。”

“我也说不好，”帕特里克还在嘴硬，“这不光是钱的问题——还是原则问题。为心灵成长收钱是……我也说不好……是肮脏的，要不就是别的什么。”

“好吧，把你的原则附在五美元钞票上吧。”彼得提议，“这样就够给咱俩再买一轮酒了。”

害怕面对自己的需要

一万六千美元！步行回家的途中，这个数字一直在帕特里克的脑海中回荡。他有点儿头重脚轻，而且深感抑郁。对他来说，这种状态并没有什么不同寻常。很久很久以前，抑郁就像吸血鬼一样缠上了他，成了他人生中为数不多的常态。他简直难以想象没有它的生活。但这一回，他还多了一种失落感，就像已经走到了悬崖边，下一步就要掉下去了。这可是一万六千美元啊！

他的抑郁源于一种欲望，这种欲望从十四岁起就折磨着他。他一直在寻找某种他也说不清的东西——他喜欢称之为“对真理的渴望”。也许他天生如此，也许有家庭的影响，但他这辈子都觉得有某种东西在驱动他，去寻找某个说不清道不明的“玩意儿” 。他经历了无数次旅行和冒险，但总觉得缺了点儿什么。赋予这个“玩意儿”深刻内涵——把它称为“对真理的渴望”暂时给了他慰藉，让他觉得自己举足轻重。然而，缺失感最终会让他回归抑郁，而且程度日益加重。如今，抑郁已经与他形影不离了。

正是因为这个，他才陷入了如今的境地，举步维艰。如果回到加思那里，他对真理的渴望也许最终能得到满足，但在这个过程中，老师可能会让他暴露出某些软肋，那些玩意儿连他自己都无法忍受，更别说是让别人看见了。但如果不回去接受加思的教导，他就只会继续过充满失望、空虚无比的日子，行尸走肉般熬过一天又一天。他的导师嬷嬷尊母是个传奇人物，可能拥有他寻找的答案，但经过这么多年的供奉，他仍然没有从她那里找到答案。内心的某个声音告诉他，加思是他唯一真正的选择。

但要一万六千美元呢！

对帕特里克来说，加思提出的学费实在太贵了。毕竟，每个月的子女抚养费和配偶赡养费已经压得他喘不过气来了。

刚想到这儿，他眼前就出现了一道裂缝。那也许不是用眼睛能看见的东西，但在大约半秒钟的时间里，帕特里克“看见”眼前的世界一分为二。随着裂缝不断扩大，他瞥见了现实世界以外的东西。那彻底的虚空令人恐怖，又让人激动，充满威胁，又温和、仁慈。他感觉自己一面深陷其中，一面离它远去。他头昏脑涨、心跳加速，确信自己要么是快死了，要么是快疯了。那就像一场噩梦，他完全失去了控制，只剩下彻底的无助。不过，那一幕来得快，去得也快，两个世界之间的高墙轰然合拢，没有留下丝毫存在过的痕迹。

他发现自己站在马路中央，双手抱头，浑身发抖。接着，他听见一个声音传来：“不管你选哪条路，我都会陪在你身边。请选择吧，是选这个自认为是受害者的世界，还是选那个是你归宿的真实世界。”

他心想：“可除了现在这个世界，根本不存在别的世界啊。”

“你还没有准备好睁开双眼，”那个声音说道，“看起来像死亡或疯狂的东西，将你束缚在了这里。你没有用心去看。我会给你一个选择：是听从你的心声，还是屈从你的自卑。不管你选哪条路，我都会陪在你身边，但只有一条路你能与我为伴。现在，做出明智的选择吧。”

“你刚才做了什么？”

“是你说想要魔法的。”那个声音咯咯地轻笑，渐渐淡去。

帕特里克环顾四周，直到看见“麋林大道”的路标，他才意识到自己站在离家几个街区外的地方。朝家的方向走去的时候，他不知道自己的抑郁症是不是变成了伴有妄想和幻听的精神病。大半夜站在马路中间自言自语，也许意味着他失去了对现实的掌控……

最让他惊讶的不是世界分崩离析，也不是世界之外的虚空，甚至也不是脑海中浮现的清晰话语，让他深感震撼的是当时笼罩全身的美妙感受——深切的同情与关怀。他已经有二十年没哭过了，但当他意识到自己的所作所为配不上这种感受时，他突然泪流满面。他总觉得自己必须有所壮举才配得到一丝关注，但又想不出最近做的什么事能配得上它。怎么可能有人这么爱他？那人为什么会这么做？

泪水顺着他的脸颊滚滚流下。那是感激的泪水，混杂着说不清道不明的愁绪。在漫漫回家路上，他看到的一切都是全新的。在他眼中，就连街头随处可见的垃圾也美不胜收。“好吧，”他平静地对着夜空说，“反正我也一无所有了。况且，我也没多爱那辆保时捷。”

写未办事宜清单要比他想象的难得多。帕特里克很晚才意识到，加思根本没指出他和彼得到底漏了什么。他一看清单，马上就会想做别的事。不管怎么说，截止日期是周六早上，而且现在已经很晚了。也许，他应该等到跟加思聊过之后，再把清单写完。他越是这么想，上床睡觉就越有诱惑力。于是，他把纸搁在一旁，朝卧室走去。

他按下走廊灯的开关，迎接他的是一片黑暗，其中似乎暗含指责。他终于下定决心，走进厨房，从橱柜里取出一个灯泡，然后拽过一把椅子，爬上去，换了灯泡。灯光洒满走廊，让他的心情一下子好了不少。这至少给了他足够的能量，马上把椅子放回原位，而不是丢在走廊上过几天再说——他通常都是这么做的。他走进厨房，一大堆摇摇欲坠的脏碗碟在水槽里呼唤他：帕特里克·肯尼迪——这就是你的人生。他渐渐意识到自己有多疲惫——不是因为晚上看见的幻象，而是令人不堪重负的生活本质。

他盯着那些碗碟，回顾了一下自己的未办事宜清单。清单上的项目全是更多的工作，无法带给他任何东西。他每天的生活都充满了牺牲、义务和责任，回家后只想好好放松一下——也许是在电视机前坐上几个小时，然后昏昏睡去，或者跑去酒吧灌几杯啤酒，再找人打场桌球。光是想到不得不付账单或回电话，他剩下的一点点能量就消耗殆尽了。光是瞥见一大堆没洗的脏碗碟，他就感到疲惫不堪。如果正如加思所说，这只是冰山一角呢？他不禁想到了潜伏在水面下的东西——它们正等着用重负压垮他呢。他下定决心，毅然投身“洗碗大作战”。

将每把刀叉、每只碗碟都沥干摆好后，他走到桌前，开始整理账单。他把从图书馆借的书摆在门口，提醒自己第二天早上还书，然后打给牙医的电话答录机留言，预约好看牙时间。接着，他瞄了一眼自己的未办事宜清单——他几乎没有取得任何进展，而老师说他的清单仅仅触及了皮毛。当他睡眼惺忪地查看自己的优先事项清单时，还是不明白老师到底想看什么。那好吧！周六，他会去加思家，承认自己的无知。他耸耸肩，爬上床，惊讶地发现自己竟然一身轻松。那天晚上，他想到的最后一样东西是他已经记不太清的一个故事片段。

他召唤他们，但他们吓跑了。

他再次召唤他们，但他们躲起来了。

他再次召唤他们，但他们还是躲着，吓得瑟瑟发抖。

他再次召唤他们，有些人站了出来。他把他们推下悬崖……

他们飞了起来！

第二章　容易走的路

既然能坐下，为啥要站着？既然能躺下，为啥要坐着？

——彼得·凯恩

1985年11月

探索潜意识心灵

“在你们付钱之前，”加思一走进“教室”就申明，“我希望你们知道，有一本叫作《奇迹课程》(*A Course in Miracles*)的书，我是它的学员。可以说，它是我的《圣经》。”他指了指给两个人准备的椅子，每张椅子上都摆着厚厚的三大本教科书。

“老天啊！”彼得惊呼道，“难道你指望我们全读完？”

“我已经学会什么也不指望了，凯恩先生，”加思答道，“但我建议你翻翻看，里面有不少好东西。”

“有漫画版的吗？我更喜欢看图和短句子。”

“我有些朋友在研究它，”帕特里克说，“我会试试看的。”

“咱们才来两分钟，你就开始拍老师马屁了。”彼得连讥带讽。

“对啊，你不是也露出浑蛋的本性了嘛。”帕特里克不甘示弱。

“你们想拿这些书做什么都行，这是我送给你们的礼物。”加思宣布。付完学费后，加思又把话题扯回了“拖延”。他像耐心的牙医处理特别顽固的蛀牙一样，最终从帕特里克口中套出了真话：他不愿在得不到任何保证的前提下掏这么多钱。帕特里克承认，自己并没有那么信任加思。

“你最好别。”加思提议，“不过，你最好开始信任自己！”

没等帕特里克回应，加思就接着往下说：“就像我上周二告诉你的那样，远见卓识之人的决心让你成为自己生活中的首要任务。这是你恒定不变的人生目的。没有它，你就什么问题也解决不了，更不可能实现真正对你有益的目标。你必须把自己的幸福和快乐放在第一位。”

“这不是有点儿以自我为中心吗？”帕特里克问，“那些只关心自己、踩在别人头上的家伙，给社会造成了很大的危害。如果我们都只为自己着想，放眼望去，整个世界都会是弱肉强食。”

“你还真悲观啊，帕特。”老师微微一笑，“如果先考虑自己快不快乐，你觉得会发生什么事？”

“我也不知道，我只是不会这么想——我总是先考虑别人。”

“如果你只考虑自己呢？”

“可能很长一段时间我都会觉得愧疚。”

“这就对了。你瞧，我不是说你总是先考虑别人不对，而是说你不这么做就会感到愧疚。如果你把自己的幸福和快乐摆在第一位，这会对你有什么影响？”

“我也说不好，我都不懂这是什么意思。”

“呃……那就跟着直觉走吧。”

“我不明白该怎么做。”帕特里克答道。在他出生、长大的地方，只有女人才有所谓的“直觉”。

“好吧，那就大胆猜猜吧。”加思催他，“如果你是自己的首要关注点——如果你完全是为了让自己快乐而做某件事——你是会感觉良好，还是感觉糟糕？”

“我猜，应该会感觉挺不错吧？只要不伤到别人。”

“但如果这件事真能让你开心，对世界来说不也是件好事吗？”

“嘿，加思，可很多人都跟帕特里克不一样，”彼得打断了他们，“有些人只有踩在别人头上、得到自己想要的东西，才会觉得开心。”

“那些人并不快乐，快乐也不是他们生活中的首要关注点，”加思说道，“他们首要关注的是权力和掌控，或是报复世界。他们在打一场永远也赢不了的仗。”

“看看他们拥有的财富和权力，你就不会这么想了。”彼得立刻反驳。

“但他们怎么能心安理得地享受从别人手里抢来的东西？”

“因为他们没有良知，没有道德。”帕特里克表示。

“如果你是说他们不会像你一样感到愧疚，唯一的区别就在于他们面对负罪感的反应。他们可能会矢口否认自己的感受，意识不到愧疚是怎样影响自己的，也可能会为了别再感觉糟透了而变得铁石心肠。但如果自己的所作所为害得别人受折磨，没有人能感觉良好，不管他们有没有意识到这一点。为了把自己摆在生活中的第一位，每个人都必须从实现目标中获得好处。如果你不得不背负别人的损失，又怎么能真正感觉到自己赢了？你的胜利能有多圆满？又有谁会跟你一起庆祝？”

“但人们每天都在这么做啊，加思！”彼得一口咬定，“我知道这个，是因为我就是其中的一员。当然了，如果有人因为我做的事受到了伤害，我会有点儿过意不去，但社会法则就是这样——它没有阻止我这么做。”

“是真的，加思。”帕特里克向老师保证，“彼得一直是个浑蛋。”

“多谢啊，帕特。”彼得嗤之以鼻。“还有人比我坏得多呢。”他对加思补了一句。

“你还以为你喝酒是因为喜欢这么做呢。”加思说，眼中闪烁着戏谑的光芒，但一转眼，他又变得严肃起来，“瞧，事实上很简单：我们无法忠于自己，而是选择了一条无法让所有人都受益的路，这是因为在更深的层面上，我们所有人都是相互联系的。潜意识记录了我们每次选择无视这种联系的时刻，以及我们为此产生的创伤和糟糕的感受。”

他走到画架旁边，画了一个看起来像大试管的东西，然后在中间加上一条条横线。

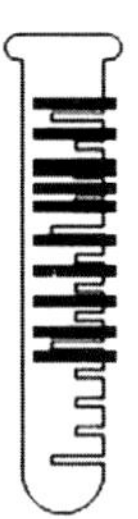

“假设这是你们的潜意识。”他提议。

“看着像一个带条纹的避孕套。”彼得一本正经地发表评论。

“没错，我有个学员叫它‘避（厄）运用品’。”加思笑了笑，“潜意识是意识的附属品，它就像一间巨大的储藏室，里面塞满了生活中的未办事宜，包括你所有的家庭矛盾、对自己和世界的消极念头、一大堆好斗能量，还有关于性爱的负罪感。”

“那正常的负罪感呢？”

“这个说法是矛盾的，”老师扮了个鬼脸，“不过，是的，它们也在里面——是家庭矛盾的重要组成部分。关键在于，除了极少数人，人人都有这个附属品，里面全是糟糕的感受！这个小家伙，”他冲那幅简笔画打了个响指，“会导致事故、离婚、自杀，害得你一辈子凄凄惨惨。潜意识甚至能推翻世界上的各国政府。你提到的那些缺德的家伙，他们内心深处也有这个，跟你们一样。”

“那潜意识能做什么呢？”彼得问，“我是说，它有什么作用？”

“首先，它包含了你对自己、世间万物和神的所有核心信念——”

“我不信神！”彼得大声宣布。

“那你就是相信没有神，”加思点点头，“这种信念存在于你的潜意识里。不管怎么说，你的核心信念就是人们所说的‘消极念头’。即使你很少意识到它们，它们也会让你处于‘感觉自己不配’的状态，因为你用积极的态度、否认或别的东西把核心信念掩盖起来了，埋藏在内心深处。啊，没错，潜意识——受害者最好的伴侣！”老师回到座位上，“图上的这些横线代表潜意识的层次。每个人大概有两千层，清除一层可能得花上几年时间。当然，我们花在制造这些障碍上的时间，要比花在清除它们上的时间多得多。”

“两千层——老天啊！”彼得惊叫起来，“如果我真的特别努力，得多久才能把它们统统清除掉？”

“按平均算？哦，大概要二百到——”

“二百年？！”

“二百到二百五十世。”加思纠正了他。

“老天啊，那干吗还费劲儿去试？”

“我觉得‘试’毫无意义，彼得。”

“那我们该拿潜意识怎么办？”

“呃，我们还有远见卓识之人的自律嘛。”老师提议。

“‘自律’？！呕！”帕特里克装作打了个寒战，“我一直很讨厌这两个字。”

选择恩典的道路

“据说，有两条基本的开悟之道：自律之道和神恩之道。自律之道需要意志训练结合肉体苦修，让你专注内心，远离外界诱惑。这对身体、情感和心智都有很高的要求。”

“听着挺像我的上一段婚姻。”彼得哼了一声。

“第二条是神恩之道。上天的力量会提携你，让你毫不费劲儿地实现目标。你只需要我所说的‘远见卓识之人的自律’，也就是听任上天提携你的意愿和决心。”

“我选第二条！”彼得大声宣布。帕特里克也点头附和。

“我猜你们就会选这个。”加思微微一笑，“这意味着你们不用对现在的生活方式做重大改变，但要提升对自己思想和行为的觉知，自愿放弃对自己的幸福和快乐无益的东西。剩下的交给上天的恩典就好了。远见卓识之人的自律就是练习‘毫不费劲儿地努力’。”

“听起来挺轻松的嘛，”彼得评论说，“也许有点儿太轻松了。”

“对啊，”帕特里克点头称是，“要是真这么轻松，为什么我们早没做到呢？”

“那我们就来找找答案吧。告诉我，帕特，你觉得自己生活中哪些方面有问题？”

“简直太多了，随你选。”彼得咯咯地轻笑。

“我现在想不出某个特定的问题。”帕特里克答道。

“好吧，比方说，你没有从工作中得到什么？”

“抱歉，”帕特里克真心诚意地表示，“我没明白您的意思。我的工作做得还挺顺利的，只是有些事我希望能发生，结果没发生——至少现在还没发生。”

“比方说什么？”

“呃，两年前，有份工作招人，具体是跟某个特别著名的心理学家合作。有机会做她的合伙人，就意味着收入不菲——您懂的，更多的来访者，我出的书和行政工作都可以交给她手下做。那是一个很不错的机会，我确信我是这附近最够格的人，但我没得到那份工作。事实上，我在面试的时候把事情彻底搞砸了。我也不知道为啥会发生这种事，但她觉得我骂她是一个只想捞钱的坏女人，结果就不用说了。”

“她怎么会这么觉得？”

“因为他确实骂她是一个只想捞钱的坏女人了。”彼得接过话茬儿。

“还不是一时嘴快嘛，”帕特里克不好意思地解释，“我原话不是这么说的——至少刚开始不是，但当事态开始升级的时候，我就管不住嘴，开始满嘴跑火车了。又不是我的错。不管怎么说，反正我没有得到那份工作。”

“还有什么？”加思身子前倾，双手托着下颌，面带调侃的微笑。

“什么，我工作上的？呃，别的就没什么了。”帕特里克咬定不松口，“哦！好吧，有几次，我的来访者数量正慢慢增加，然后突然发生了怪事，确切地说有三次。但那都不是我能控制的，我什么也没做。”

“发生了什么事？”老师追问。

“有一次是流感，我不得不离开了一个月。等我能重新站起来的时候，我的大部分来访者都找别人去了。第二次，我真的开始咸鱼翻身了，都能看见债务隧道尽头的光明了，突然全城陷入了经济衰退，很多公司不是搬走就是倒闭了。巧的是，我有一半来访者都是那些公司的员工。最后一次，情况才刚刚开始好转，我前妻突然提出离婚，打了我个措手不及。光是打官司的钱就把我压得喘不过气来，加上我又花了很多时间处理离婚的事，结果让来访者从指缝间溜走了。”

跟着直觉走

“好吧，我得给你的创意打满分，帕特里克，”老师称赞道，“你不得不使出新招，好阻止自己往前走。”

“这话什么意思？我又不是故意的，那又不是我能控制的。我跟那些事一点儿关系都没有，我一直都是受害者啊。”

“我说的就是这个意思，帕特——你设计得巧妙极了，谁也没法在炸弹上找到你的指纹。你还真会暗地里给自己搞破坏啊——真是太有意思了！”

“总有一天，我会搞懂你到底在说啥。”彼得说，“那怎么可能是帕特自己干的？我是说，除了那次搞砸面试以外，其他事都是自然而然发生的。我们还是面对现实吧：破事躲不过！”

“对远见卓识之人来说，就不是。”老师表示。

“但他又不是远见卓识之人，加思！他只是个普普通通的家伙，就算你不为那些没成功的事数落他，他也已经够内疚的了。”

“我要说，他确确实实是远见卓识之人——只是他还不自知罢了。为了帮他意识到这一点，我必须像对远见卓识之人一样对他。”老师平静地解释道，“远见卓识之人为自己生活中发生的一切负责。对远见卓识之人来说，结果就等同于意图。”

他起身走到画架前，用粗体字写下：

结果 = 意图。

“让我们从远见卓识之人的角度来看看这件事。帕特里克，如果你得到了那份跟心理学家合作的工作，接下来会发生什么？”

“我赚的钱会变多，”帕特里克答道，“空闲时间也会变多。”

“还有呢？”

“我也不知道……没了吧，我猜。”帕特里克想了一会儿，“还有来访者也会变多。”

“好吧，如果那几次都没出岔子，结果会怎么样？”

“我也说不好……谁知道最后会怎么样呢？”

“呃，来个直觉的飞跃，跟着直觉走吧。”

“我说过，加思，我根本就没直觉。”帕特里克一口咬定。

“你当然有直觉，每个人都有。你的本质就是这么思考问题的。想象一下，随便猜猜看。”

“猜猜看？好吧。”帕特里克叹了口气，“我猜是：钱变多，空闲时间变多了——因为我可以多雇点儿人帮忙，来访者也会变多。”

“好吧，现在假设你不希望这些事发生……你觉得为什么会这样？”

“我也不知道。”帕特里克挠了挠头，“也许是因为这样会很累？”

“为什么这样会很累？”

“得了吧，加思，给别人做咨询会耗掉你很多能量。”

“不，”老师纠正他道，“是会耗掉你很多能量。努力弄清楚每位来访者的期望，还有怎么才能满足那些期望，会给你内心带来巨大的压力。所以现在你知道了，你为什么要暗中给自己搞破坏。不过，我们接着往下分析吧。说出你脑子里蹦出的头一个答案，好吗？为什么你不想要更多的空闲时间？”

“我也不知道，”帕特里克耸了耸肩，“这是我脑子里蹦出的头一个答案。”

“很好！总是以‘我也不知道’开头，即使没有大声说出来。这五个字会开启你的直觉之门——因为‘你’，帕特里克，确实不知道。而‘你’，真正的你，知道答案！好的，那么，假如你知道自己为什么不想要更多的空闲时间，你的答案会是什么？”

“我不知道啊。”帕特里克开口作答前在心中默念。

“因为我不会做任何有意义的事，只会把空闲时间浪费掉，觉得自己一点儿用也没有。”

“答得好！那钱呢？为什么你不想拥有更多的钱？”

“因为他疯了。”彼得插了一句。

“也许吧。还有呢？”

“可其实我想要钱啊！您觉得我喜欢总背一屁股债吗？”

“下意识地选择它，并不意味着喜欢它，帕特里克。顺着这个思路往下想。补完下面这句话：‘跟赚钱比起来，我更想负债，因为……’”

“这样更安全。”帕特里克脱口而出，“可这根本——”

“还有，”老师继续说道，“‘假如我知道为什么这样更安全，我会说是因为……’”

“因为钱不是好东西。”帕特里克脱口而出，“我不明白——这根本就说不通啊。”

“用不着说得通，”加思向他保证，“‘假如我知道钱对我来说是从何时起变成坏东西的，我会说那是我几岁的时候……’”

“二十六岁，我和达琳开始为钱吵架的时候。”

“你可能是从那个时候起才感觉到的，但假设它始于更早些时候——你从几岁起就觉得钱不是好东西？”

“呃，我基本不记得小时候的事了。”

“大多数人都记不得了，尤其是他们做出最具破坏性的决定时。这就是为什么你最好跟着直觉走。现在，假设你知道你是从何时起觉得钱是包袱的，你会说是几岁？”

“我脑子里蹦出了‘三’这个数字，但我觉得是瞎编的。”

“很好，没关系……现在，假设你知道你当时跟谁在一起，你会说是？”

“呃，我先看到了我爸，然后是我妈。”

“假设你知道到底是你爸还是你妈，你会说是？”

“我脑子里蹦出了‘两个都是’，可是——”

“有完没完？还得多久啊？”彼得打断了他们。

“这取决于帕特里克。”老师答道。

“好吧，帕特，你快点儿行不——我开始觉得无聊了。”

“如果你觉得无聊，彼得，那是因为你在拖着不去做某件事——要么是激动、兴奋，要么是支持帕特里克。无聊是变革即将发生的信号，但你宁可安全地待在原地。你这辈子都是这么做的——不仅仅是在这间屋子里。”

“那你想让我干吗？当啦啦队给他加油？”

“别忽视啦啦队的力量，那是世上最强大的领导方式。不过，退一步想，也许你最好还是保持无聊吧。现在，最好还是别发生什么新奇有趣、激动人心的事。”加思好心好意地提议。

“好吧，好吧，我懂你的意思。”彼得笑了笑。

老师转过身面对帕特里克：“现在，帕特，当时你父母之间发生了什么事？比方说……”

“什么也没发生。”帕特里克出于本能闭上了眼睛，脑海中浮现出一幅图景，“我看见一个画面，我们三个人都在客厅里，但他们俩没说话，我在玩我的积木。”

“假设你知道他们为什么没有说话，你会说是因为……”

“噢，让我歇歇行不！”帕特里克睁开眼抗议，“该死的，我怎么知道他们在想什么？”

“相信我，”老师坚持表示，“你脑子里蹦出的头一个答案是什么？他们没说话是因为……”

帕特里克再次闭上双眼。“因为他们不知该说些什么，”他突然觉得怒火攻心，“因为他们在生对方的气。”

“他们生对方的气，是因为……”

“我也不知道……跟性有关，还有钱。”

“具体是……”

“老爸想多跟老妈亲热，老妈生气是因为她怀孕了，家里的钱又不够用。但是，加思，我觉得这全是我想象出来的！我不可能真记得这些玩意儿。”

“相信这个过程，帕特里克。我稍后会解释的。到目前为止，我们知道了什么？”

“我们在客厅里，他们在为性和钱生气。她不愿跟他上床，而且……”帕特里克的声音越来越小。

“怎么了？”

“我刚意识到，我从没想过我爸妈也会做爱，也从没像这样说过我妈。你懂的，我说‘跟他上床’的时候，就像那是某种交易一样。”

“这是你爸的感受吗？”

“我也说不好……我猜是吧。”帕特里克仍然双眼紧闭，脑海中浮现出了另一幅图景：他在妈妈的脚下玩耍，爸妈面对面坐着，各自埋头看书。

“好了，帕特里克，”老师轻声催促，“回到那个画面，看着你自己。你有什么感觉？”

“好吧，”帕特里克耸了耸肩，“我看起来挺开心的，但也有点儿紧张。我希望他们跟我说说话，或者跟对方说说话。”

“而你爸的感觉是……”

“很沉重。我猜他觉得自己是个窝囊废。”

“他为什么会有这种感觉？”

“因为我妈不喜欢他，或者说是不尊重他，但她并没有真说出来——只是有那种感觉罢了。更糟糕的是，她什么也没说。”帕特里克任由自己的思绪荡开，看着画面略有变化，但并没有太多改变，“我开始从老爸那里感觉到什么了。他觉得我妈不爱他，是因为他赚不了大钱……”

“跟个娘儿们似的。”彼得嗤之以鼻。

“耐心点儿，凯恩先生，”加思轻声斥责，“我们稍后会聊你的潜意识。现在发生了什么，帕特里克？”

“我想我需要帮忙，加思。我脑子开始糊涂了。”

“通常来说，开始接近真理的时候，都会出现这种情况。你爸觉得如果他不赚大钱，你妈就不会爱他。而他不想赚大钱，是因为……”

“因为他恨自己的工作。他是个修管道的工人，他觉得，只为了跟老婆上床就拼命干活，这实在不值得。他决定，就算没有爱，他也能活下去。我也不知道这些念头是从哪儿冒出来的，但这就是我想到的。”

“很好。相信它。作为一个三岁的小孩，你对钱下了什么判断？”

“钱糟透了。”

“还有什么？”

“它导致人和人越来越疏远。如果不是为了钱，大家会更相亲相爱。”

“所以，你决定拿钱怎么办？”

“让钱离我远远的。”

“你对性下了什么判断？”

“乐趣最终会渐渐消失。就像爱一样，性也不可能持久。”

“好的。那我们再往下挖一挖。你爸对你妈有这种感觉，是因为她不肯跟他亲热？”

“我爸很生我妈的气，他觉得这是自己做丈夫的权利。但我妈总说她不舒服，因为她怀孕了，要不就是太累了，或是别的什么。”

“在愤怒的外壳下，他还有什么感觉？”

“感觉就像……”帕特里克的脸上浮现出了疑惑，“……就像他很伤心，他心里好像很悲伤。他觉得他已经为我们做到了最好，但从某个角度来看，他失败了，不配被爱。我知道这听起来怪怪的，但我一直有种感觉：他觉得妻子讨厌自己，如果她愿意跟自己亲热，就说明他得到了宽恕。老天啊，这不可能是真的！我这辈子都没见过我爸伤心的样子。”

“孩子眼中看到的东西会让你大吃一惊的，还有孩子能感觉到的东西。”

“似乎我妈也觉得自己很失败，尽管看起来她把错都推给了我爸。”

“所以说，他们在互相指责。但在指责的外壳之下，他们都觉得自己很失败。面对这种情况，小时候的你有什么感觉？”

“我刚想到这个，”帕特里克答道，“我觉得这完全是我的错。我也不知道为什么，但当我想象自己当时的样子时，总觉得我才是家里钱不够用、大家都不开心的根源。但我搞不懂我到底做了什么才导致如此。我甚至觉得，他们不肯亲热完全是因为我。”

“那你是怎么看待当时的自己的？”

“我也说不好……我觉得自己是个窝囊废。我本该做点儿什么，却什么也没做。”

“你是怎么看待人生的？”

“活着太麻烦了。你努力工作，尽可能取得成功，但爬得越高，摔得就越疼。我常常这么想。”帕特里克突然感到一阵自怨自艾。

“所以，”老师轻声说，“努力改善生活，只意味着更多的努力、更多的牺牲，最后所有努力都是白费——是这个意思吗？”

“差不多吧。”帕特里克耸了耸肩，睁开双眼。

“好吧，至少我们知道你为什么一直暗地里给自己搞破坏了。”

“是吗？”彼得嘟囔了一句，“我没明白。”

“我也没明白，”帕特里克附和道，“我三岁时做的决定怎么会影响现在？”

“因为同样的决定每天都在你潜意识里反复上演。潜意识里的时间跟现实中的不一样。”

“那它是怎么让事情发生的？怎么会导致所谓的‘暗地里搞破坏’？”

“很简单。你把钱看成阻隔爱的东西，把工作看成负担，把空闲时间看成让你变得更无聊、更没用、更抑郁的东西。这差不多是你的原话，对吧？在你看来，成功是个巨大的负担——是一种牺牲，那又何苦费劲儿跨越障碍呢？干脆‘轰’的一下把它炸掉得了。”

“可我怎么会觉得有钱是一种牺牲呢？我才没有呢！”

“在你的意识里有。你有意识地把钱看成能带来解脱或快乐的东西，但你不知道的是，那个三岁的小孩抱有坚定的信念——钱是世界上所有分裂、仇恨和痛苦的根源。从你目前的情况来看，哪种信念更根深蒂固？你当前的经济状况旨在让自己远离金钱。你觉得这源自哪里？其实，就源自那个三岁小孩的选择。”

“可这……这不公平！”帕特里克气急败坏地大喊，但老师完全没理会他。

和内在小孩对话

“你准备好再前进一步了吗？闭上眼睛，在你描述的情境中再想象一下那个孩子。他觉得愧疚，因为他觉得发生的事全是他的错。你能想象出来吗？”

“嗯，差不多吧。”帕特里克双眼紧闭，答道。

“那个孩子感觉如何？”

“感觉糟透了，就像被什么东西压得喘不过气来。”

“好的。看着那样的他，你感觉如何？”

“跟他一样。也许没有小时候的我那么强烈，但我胸口有点儿憋得慌。”

“那么，三岁的帕特里克决定为此做些什么？”

“纠正错误？”帕特里克猜测，“我也不知道——您说呢？”

“猜猜看，”加思鼓励他，“相信你的直觉。”

“好吧，我想我认定，我不知怎么伤害了别人，所以要尽可能地纠正过来。用某种方法。”

“具体呢？”

“每天都努力让他们高兴，看见他们伤心就去帮忙。”

“所以说，你觉得是你导致了痛苦，所以就到处乱转，给大家‘包扎伤口’？”

“嗯……差不多吧。”

“在我听起来，挺像是培养咨询师的。”加思说。

“您是说，我三岁就决定做咨询师了？我当时连这是啥玩意儿都不知道。”

“随着你想弥补负罪感的需求不断增加，具体细节会慢慢浮现。职业是帮助别人的人，大多都是想还清自己童年时期欠的债。问题在于，负罪感很难通过帮助别人来消除。因此，工作很快就变成了牺牲：只有付出，没有回报。我不怪你不想接更多来访者，帕特里克。那可能会害死你。”

“但不是所有咨询师都觉得工作是一种负担。”帕特里克反驳。

“这话没错。”加思点头赞同，“不是所有咨询师都有跟你一样的‘讨好他人强迫症’。我也从没见过像你这么极端的案例，但如果你知道咨询专业人士有多疲惫、多倦怠，你会大吃一惊的。”

“也就是说，”彼得打断了他们，“是帕特害公司倒闭，害自己染上流感，故意跟妻子离婚的？我这人算是挺有想象力的，加思，但我想破脑袋也编不出这些玩意儿。”

“我就说嘛，他很有创意的。”加思冲帕特里克眨了眨眼睛。

帕特里克再一次觉得加思说的并不是百分之百正确，但他再一次把这个念头抛到了脑后。

“所以，现在我们知道的东西包括下面这些。”加思继续说道，“首先，有个男人在努力弥补自己的负罪感，无法享受工作是他自我惩罚的一部分。其次，他觉得钱不是好东西，所以不让自己有钱。那些实在没法拒绝的钱，他就用来还更多的债，或是用来养活别人，比如养活妻子和女儿。除了生活必需品，他不给自己留任何东西，就连休假也是种奢侈。尽管休假能带给他足够的能量，以便维持目前的牺牲状态。”

“该死的，帕特，拿这个当自传怎么样？”彼得说。帕特里克惊讶万分，张口结舌。他想为自己辩解几句，但能想到的唯一一句话就是：“这又不是我的错！”

“现在，”老师继续说道，“那个场景，或是另一个类似的场景，正在你潜意识里反复上演。你在根据一个伤心、迷惘的三岁小孩的错误信念，为自己的幸福和快乐做决定。帕特里克，之所以会发生这种事，是因为你选择觉得自己很窝囊。”

“等等，他才没选那个呢！”彼得反驳道，“他发现自己陷入了困境，是困境让他这么觉得的。看在老天的分儿上，他那时才三岁啊。是当时的情况让他觉得自己很窝囊。”

“是吗？还是说，他对当时情况的解读影响了他的感受？我们先照我的方法——我的规矩——设想一下，好吗？现在，帕特里克，你还觉得很糟糕吗？”

“我觉得更糟糕了，您已经让我相信这完全是我的错了。”

“在这一点上，你根本不需要别人帮忙。那么，你先说你父母在无声地相互指责，然后又说在指责的外壳之下，他们都觉得很受伤。”

“对，我觉得我该做点儿什么——他们很受伤，这是我的错。”帕特里克惊讶地发现泪水在自己的眼眶里打转，但他意识到彼得在旁边，就硬撑着没让泪水掉下来。

受伤的时候呼唤爱

“好的，记住这种感觉。”老师提醒他，“三岁的你对父母有什么看法？”

“我觉得我们被隔开了。就像我们仨分别被关在小黑屋里，尖叫着想要逃出去。”帕特里克的胸口开始绞痛。

“好的。那你为什么没有求救？”

“求救？”帕特里克问道，仿佛这两个字全然陌生，“向谁呀？”

“我也不知道，但你不觉得需要这么做吗？跟着这种冲动走，呼唤比你强大的力量，召唤你心目中的场景。试试吧，看看会发生什么。”

帕特里克把注意力集中在那个三岁的小孩身上，感觉自己的体内发射出了某种东西——某种恳请或祈求。过了一会儿，他觉得自己看见一束光从天而降，投在那个孩子的天灵盖上。

“你感觉怎么样？”加思问他。

“还行吧。”帕特里克耸了耸肩，确实感觉好了不少。

“你父母看起来怎么样？”

“跟刚才差不多吧——他们还在埋头看书。事实上，现在挺容易看出他们很受伤。”

“你能听见他们在呼救吗？”

“不能。您这话什么意思？”

“难道你没意识到，你看见了他们愤怒外壳之下的痛苦，实际上是一种呼救吗？人这么受伤的时候，事实上都是在呼唤爱。你为什么不回应那个呼唤？想象将爱给予你妈妈。”

“怎么给？”帕特里克问道。听见老师这么轻易说出“爱”这个字，他觉得有点儿不自在。

“你觉得怎么好就怎么做。那束光怎么引导你，你就怎么做。相信这个过程。”

“好吧，”帕特里克边想象这一幕边说，“我看见自己站起来，上前去拥抱她。”

“她的反应呢？”

“她把我推开了。”帕特里克告诉老师，觉得自己被拒绝了。

“那可能是因为你想从她那里得到什么。你希望她感觉好一些，或是陪你玩，又或者是别的什么。你为什么不多给她一些关注呢？如果她愿意的话，可以继续不开心下去，但你还是可以爱她——没有任何理由——纯粹是因为你爱她。试试吧。”

帕特里克惊讶地发现，光是想象这么做都很难。他意识到，他确实想从妈妈那里得到什么。离婚前一年，他待在妻子身边的时候，也有一模一样的感受。他当时并不明白自己想要什么，但日日夜夜都被这种感受所困扰。这种感受越来越强烈，他跟达琳则离得越来越远。事实上，他渴望得到爱和关注，但所有尝试都以失败告终，最后他的感觉只会更糟糕。他对妻子充满“性”致，但没有勇气说出来；他想多跟妻子黏在一起，这可把他吓坏了，导致他进一步缩回了“蜗牛壳”里。

难道这一切都源于妈妈拒绝他的拥抱这件小事？是不是从此以后，他就一直担心那种赤裸裸的、说不清道不明的纠结感会卷土重来，彻底摧毁他或他所处的世界？显然事实就是这样。他深深体会到那种被人拒绝的苦楚，感觉它像毒药一样涌入自己的血管，在三岁和三十岁的他的体内穿行。他看着那个三岁的小孩走近妈妈，再一次被妈妈推开。那种汹涌澎湃、肆无忌惮的渴求在他全身上下翻涌，他都不好意思告诉彼得或加思到底发生了什么。

“别阻碍你的情绪，”加思安慰他说，似乎明白发生了什么，“关注你的感受，不要抵抗。”

“她在拒绝我，”帕特里克忍不住噘起了嘴，“就跟往常一样。”

“因为你还是试图从她那里得到什么。”这话没错，帕特里克能感觉自己想伸手拽住她。

“但她是大人啊，她本来就该给我的！”

“你忙着试图从她那里得到什么，所以都认不出她了。你难道看不出，她觉得自己什么也给不了你吗？在她看来，她做妻子、做妈妈都很失败。”

“可她是个好妈妈！”帕特里克脱口而出。

“那就告诉她啊。她看不见自己的价值，你又要她给你某些东西，这只会让她进一步意识到自己缺少的东西。不要试图从她那里得到什么，帕特里克——而要给予。告诉她，她值得你爱。”

“我在努力！”帕特里克恳求道，“但那个小孩太黏人了。我讨厌他这样，我讨厌自己这样。这就是为什么我会搞砸跟家人的关系，搞砸我的婚姻。”

“你想满足自己的需求，可是找错了地方。为什么不让那束光解决你的需求呢？”

“因为我为那些需求感到耻辱！”帕特里克激动地失声大喊。

“欢迎回到凡人的世界。”加思轻快地说道。但是，这个时候帕特里克可没心情开玩笑。

“我恨它让我感觉自己这么弱！”他好想伸出手，掐住那个三岁小孩的脖子，把他扔出窗外，或者把他的脑袋撞烂。“你毁了一切，你这小浑蛋。”他恶毒地想，“我的婚姻，我的童年……我这该死的生活！”他沮丧又愤怒，狠狠地捶打椅子的扶手：“老天啊，我恨生活……我恨你！”

“好的，好好感受这一切，帕特里克，但用不着伤害自己。继续前进，别卡在那里。继续呼救。”继续呼救？帕特里克都没想过这个。“救命啊！”他大声恳求。

“我就在这里陪着你。继续呼唤那束光，相信它。选择将爱给予你妈妈。用你的意志去这么做。”随着自我厌恶一波又一波地涌上来，帕特里克在内心恳求……某样东西。起初没有发生任何变化，但最后，他看见那个三岁的小孩再一次走近妈妈，轻轻抚摩她的膝盖。妈妈把他的手扫开了。他虽然很伤心，但还是爬到妈妈坐的沙发上，坐在妈妈身边，轻轻地抚摩她的头发。随着孩子的小手不断穿过妈妈的发丝，妈妈突然泪流满面，双手抱头，边呜咽边摇头。过了一会儿，他爸爸也坐了过来，伸手安慰妻子。简直是奇迹！泪水也顺着爸爸的脸颊往下流。帕特里克突然意识到，自己多年来一直渴望看见父母相拥。

爱是唯一重要的

突然间，三十岁的帕特里克发现自己正跪在加思书房的地板上。他不知道自己哭了多久，但彼得和加思都紧紧地搂着他，轻声细语地安慰他。悲喜交加的感觉在他胸口悸动，他体会到了一种失落已久的感受：我真的活着！他想起了卡洛斯·卡斯塔尼达某部作品中的一句话，说“真的活着”需要既能开怀大笑，又能放声痛哭。他抽出一张纸巾抹眼睛，又抽了一张擤鼻涕。几分钟后，他已经用掉了好几张纸巾。三个人都坐回了原位。帕特里克觉得有点儿不自在，无法直视彼得或加思的眼睛。沉默了一阵后，他在座位上动了动，怯懦地瞄了他俩一眼，不好意思地嘟囔了一声“谢谢”。

“不客气。”加思说。

“随时乐意效劳！”彼得乐呵呵地补了一句。

“但我们的任务还没完成呢，”老师提醒他，“回到你脑海中的那个场景，告诉我们你看见了什么。”

“我看见我们一家三口坐在地板上，一起玩我的积木。”

“现在，你对钱有什么看法？”

“钱……”帕特里克本打算开口，但先停下来思考了一番，“没啥大不了的。”

“这话什么意思？”加思问道。

“我也不知该怎么说，但就像……没关系了。钱不是会毁人一生的坏东西。只要有爱，其他东西都不重要。如果没有爱，那么……其他东西也不重要了。”

“所以说，有钱也没关系吗？”加思问。

“对，”帕特里克轻轻耸了耸肩，“没关系。”

“很好！这是个不错的开端。”老师称赞他。

“我还是没明白。”彼得摇着头说，“随便想象几下怎么能帮到你？这又没法改变实际上发生的事。不是说你做得不好，可是……这有啥用呢？”

“为什么不问问他呢？”加思提议，久久地凝视着帕特里克的双眼，“现在想起你父母时，你有什么感觉？”

“感觉挺好的，”他想象着父母的脸庞，“我从来没意识到，看见他们开开心心的，对我有多大的意义。那感觉……真棒！”

“好吧，所以现在他想起他老爹时，感觉会挺不错。”彼得就是要打破砂锅问到底，“但这在现实生活中对他有啥好处呢？”

“呃，首先，你每次将过去的痛苦境遇转化为爱，就是在让奇迹进入自己的生活。现在，帕特里克对自己——还有他父母的感觉好多了，也让更多的爱进入了自己的生活，这就够了。至于这对他有什么好处，我们就等着瞧吧。不过，每次你清除掉潜意识里的阻碍，生活中某些方面就会得到改善。还记得我说过，你本人才是关键因素吗？你的信念直接决定了你在‘现实世界’的境遇。如果你能清除掉潜意识里的痛苦和愧疚，就能消除掉有害的信念，整个生活都会向前迈进一大步。接下来，还会有别的东西冒出来阻止你——至少是试图阻止你。不过，呃……事情要一件一件做嘛。不然，这么大把的时间要花在哪儿呢？”

老师说这番话的时候，帕特里克仿佛漂浮在一片新发现的宁静水域中。他的头脑异常平静，胸口温暖又畅快。他觉得自己早些时候付给加思的两千美元已经回本了。走廊里的老爷钟敲了十二下——这让他不禁掉下了一滴泪。

“这只是远见卓识之人的自律的一部分。如果光靠自己，帕特里克没法改变自己的信念或对父母的看法，可能需要花很多年才能发现这个路障，更别说是跨越痛苦和愧疚了。不过，他愿意换个视角看待过去，下定决心启动疗愈过程，呃……那束光几乎瞬间就完成了剩下的工作。”

“现在，”老师宣布，“我要留点儿课后任务给你们。”

“什么，咱们今天的课这就上完了？”彼得问。

“还没呢。我希望你们在午餐时间做这个，一做完就可以回来了。另外说一句，这门课一天二十四小时不间断，无论你们是睡是醒。不管在课程结束前发生了什么事，那都是你们远见卓识训练的一部分。没有所谓的‘意外’或‘巧合’——那都是训练的重要组成部分。说到底，”他冲帕特里克眨了眨眼睛，“我希望你交的学费物有所值。”

“好吧——我们的任务是什么？”

学会接受

“我希望你们两个出去……”加思停下来，不偏不倚地看了看两个年轻人，眼睛里始终闪耀着善意调侃的光芒，“……接受你们的下一位伴侣。”帕特里克和彼得满腹狐疑地互看了一眼，然后都望向加思。

“这话是什么意思？”帕特里克问道，“我们该做些什么？”

“你们什么也不‘该’做，只需要走出去，对等着进入你们人生的伴侣敞开心扉。远见卓识之人并不需要做任何事，关键在于接受，在于‘听任’。字典里最重要的两个字就是‘听任’。”

“就这个？”彼得的口气中带着一丝讽刺，“我不知道你年轻、单身的时候是怎么样的，加思，但我每天晚上（还有白天）都会出去玩——要么是我眼瞎了，要么是单身女人明显不够。”

“没错，”帕特里克附和道，“城里的每个单身女人要么是有约了，要么是喜欢女的，要么是讨厌男的。相信我，我们找了好久了。”

“你们是用‘想从别人那里得到什么’的视角去看的。我给你们布置的任务是走出去，然后接受。记住远见卓识之人的自律：意愿和决心。愿意在生活中拥有恋情，决心让它来到身边。有了这两种特质，你们就能学会‘毫不费劲儿地努力’。”

“但我们一直都是这么做的啊，”彼得一口咬定，“至少我是这样！除了偶尔的短期关系和一夜情，没有冒出哪个人让我接受的。告诉你，我已经很努力地让合适的女人能看到我了。”

“这就是问题所在，彼得，你太努力了。”

“但这就是我啊，我就是这么做的。”

“对啊，看看结果吧。你单身多久了？”

“大概两年了吧，也许三年——不包括短期关系。你懂的，就是那些持续一两周的。”

“三年。你呢，帕特里克？”

“呃，我还没走出离婚的阴影呢。”帕特里克有气无力地解释道。

“远见卓识之人从不找借口。你们俩都有很长一段时间没跟女人建立亲密关系了。你们大部分时间都在想这件事，但又不让自己拥有亲密关系——主要是因为你们觉得一切跟女人有关的事都很麻烦。”

“确实是很麻烦嘛！”彼得大声强调。

“纯粹是因为你们不愿意接受。我知道，你们觉得这听起来完全是疯了，但工作是对人生所有真理的侮辱。你们所谓的‘工作’其实是拒绝让自己去接受。事实上，整个世界随时都听候差遣，等待着给予你什么。看看大自然吧。但不要只是用眼看，而是要用心看。你会看到是什么让它如此美丽。它处于彻底顺服的状态，完全接纳是它之所以能存在的能量。

“可你们呢？你们觉得生活中的一切都必须靠双手赚钱得来。你们甚至没有意识到，赚钱这个概念源于自己的一个决定：你们觉得自己不配简单地去接受。

“我相信，如果你们对自己的日常习惯和行为模式提出质疑，肯定能找出合乎逻辑的理性解释——我知道你们有多重视自己的才智。但是，你们有没有注意到，那些日常习惯、行为模式跟幸福和快乐根本不沾边？它们也许能维持生活，甚至是让你们活下去，但活着到底是为了什么？只是为了保持原来的习惯和行为模式吗？只是为了活着而活着吗？”

“我到底说了啥，害得你这么激动？”彼得问。但加思没有理会他，只是领着他俩走向门口。

“你们有没有想过，这可能就是你们活得不开心的根源，因为你们的日常习惯和行为模式没有给幸福和快乐留出空间。你们有没有想过，也许你们抓住这些习惯不放，只是为了让幸福和快乐远离自己。而且，是故意这么做的。”

“怎么可能？这也太傻了。”帕特里克立刻反驳。

“难道因为某件事太傻，你们就不会去做？”

“假设你说的全是真的，难道开始一段亲密关系就会改变这一切？”

彼得问。

“你内心深处知道这是真是假，彼得。不，亲密关系不会改变这一切，但它会告诉你，你在生活中哪些方面不愿意接受，或是觉得自己不配接受。你们的未办事宜清单都写完了吗？”两个人都摇了摇头，“好吧，你们的下一段亲密关系会引出你们生活中所有的问题，还会用你们不喜欢的方式把它们解决掉——至少一开始你们不会喜欢。”

“你怎么知道会？”彼得问。

“因为我结婚了，彼得。”

“那又怎么样？我也结了。”

“不，彼得。你是结过婚，而我现在还在婚姻中！”三个人站在门厅里，加思的话语在门厅里回荡，“你瞧，”加思柔声说，“这项任务不是为了实现某个目标，至少不是用你们想象的方式。这关乎远见卓识之人的自律。远见卓识之人知道生命是一份礼物，不能用钱买来，也不能靠努力得来。所以，远见卓识之道就是教人接纳。远见卓识之人不拒绝任何东西，也不渴求任何东西，只接受事实。如果能简单地接受，前方的一切都会让远见卓识之人达到更高层次的觉知，现在——”

“可是，”帕特里克忍不住打断了他，“说实话，加思，每次想到进入另一段亲密关系，我只会想到更多破事。除了滚床单和偶尔我俩都心情好的时候，大部分时候不是痛苦就是无聊，或是一个接一个的大麻烦。这是我的经验之谈。而且我很确定，对方也是这样。下一段关系怎么会不一样呢？”

“对啊，”彼得补充说，“再多一两个孩子，你就连自己的生活都没了。

这有什么意义啊？说到底，亲密关系到底是为了什么？”

加思冲他俩温和地笑了笑：“至少现在你们知道了，为什么你们遇不到合适的女人。你们都内置了特殊的雷达系统——如果身边一英里[1]以内有合适的女人，你们就会重新安排自己当天的行程，确保不会遇见她。这可能是一种潜意识的习惯，显然你们根本没有意识到。但我还是要回答你们的问题：亲密关系本身并不会带给你们什么。它只会反映你们内心的进程，就像外面的世界一直在做的那样。亲密关系的好处在于，它会带你们进入情感的深层领域，体察正等待治愈的旧创。有些领域可以通过像我们这样的师生关系来触及，但亲密关系可以加速这个过程。它能更迅速、更剧烈地引出你在性方面的创伤。”

“嗯，总算听起来有点儿吸引力了。”彼得说。

“那么，亲密关系到底有什么特别的，能加速这些东西？”帕特里克问道，“为什么我不能自己一个人来呢？很多僧人和牧师都是这么做的。”

“简单来说，我们带着侍奉家人的意图，进入了自己选择的家庭。”老师解释道，“但在某一时刻，我们似乎忘了这一点，这就是分裂问题的起点。帕特里克，在我们刚刚走完的过程中，当你决定从母亲那里索取而不是给予时，你和母亲之间的问题就出现了。只有给予，才能有所收获。”

听到“侍奉”这两个字的时候，帕特里克又冒出了一种“哪里不对劲儿”的感觉，但他再一次让那种感觉溜走了，以便关注更重要的问题。

1　1英里≈1.609千米。

“但我那时还小啊，我都不记得了，我忘了——小屁孩又知道什么呢？”

“噢，别抱怨了，该死的！”彼得忍不住发火了。三个人都哈哈大笑起来。

“这是个错误，”加思解释道，“但这不是任何人的错。那个时候，你忘了自己来到人间是为了侍奉父母——无条件地爱他们。结果就出现了创伤或伤痛，影响了你这个人，还有你对金钱、性爱、亲密关系的看法……鬼知道还有什么呢？你彻底清除掉它们的那一天，这一切才算完。当然，还要加上来自上天的一点点帮助。你说不定已经发现了，此前有一两段亲密关系也带来过同样的创伤，对吧？”

“也许吧，”帕特里克承认，他想起离婚前一年，达琳总让他联想起自己的妈妈，“但三岁的我跟爸妈在一起的场景完全是我想象出来的啊！那些积木在我五岁前根本就不存在！”

“直觉为你的想象提供了养料，也搭建了整个场景。那个场景可能比你想象的更准确。那些被拒、心碎和愧疚可能已经在你心里藏了很久，可能在很多情况下都冒过泡——尤其是在你的婚姻里。但由于它们冒泡的时候你并不理解或毫无意识，你很可能会认为是跟对方的关系出了问题。你以为是事情搞砸了，或是她这个人变了，对吧？”

“可能吧，”帕特里克闪烁其词地说，“我真的不记得了。”

“咱们男人一般都不愿面对自己的感受，”老师会心一笑，“咱们宁可跟灰熊干上一架，也不肯面对痛苦的感受。”

“这个我倒不确定，”彼得插话，“得先看熊的块头。”

“潜意识中有很多这样的感受。”加思接着说，“亲密关系能帮我们面对它们，让我们有机会治愈它们。我们最终都能熬过去，但我的经验是，亲密关系能加快这个过程。”

“噢，老天啊！”彼得搓起了手，“让我感觉糟糕透顶的机会——这不是我一直在找的东西吗？我还以为女人能提供的只有肉体呢。”

“你现在已经感觉糟糕透顶了，彼得。但你可以不用酒精，或者……”老师冲大块头眨了眨眼睛，“……自慰来逃避自己的感受，而是重新找回自己的一部分——有价值的那部分。”说着，他意味深长地打开了前门。可是，彼得还没说痛快呢。

“所以，你希望我们出去找——抱歉，我是说，你希望我们出去接受一段亲密关系，然后再回来，对吧？”

“对。”

“我瞧瞧啊……吃午饭大概要用四十五分钟，差不多五十分钟……再留个二十分钟等她出现？那么，我们最迟两三点回来。没问题！”他上下打量了一番帕特里克，“嗯……最好还是定成三点半吧，这样时间充裕点儿。”

“这不是时间问题，”两个人迈出大门时，加思告诉他们，“而是意愿问题。拖延症患者总把时间当成自己的老板。只要有意愿就好，剩下的就交给老天吧。”

自己存在的意义和目的

两个人步行了八个街区，来到他们最喜欢的餐厅，静静地回想早晨发生的那些不同寻常的事。帕特里克发现，由于早上那番情感宣泄，自己的肋骨和双肩都酸痛不已。不过，他还挺享受这种感觉的。

“我也说不好，”两个人在靠窗的位置坐下后，彼得表示，“刚开始，我觉得这门课会很轻松。但他说起亲密关系以后，我倒觉得，像卡斯塔尼达那样跳下悬崖，或者像密勒日巴尊者那样大战魔鬼，都比这轻松多了！他说的那些……感觉怪怪的。”

“我懂你的意思，”帕特里克表示赞同，“我希望能有些更实在的东西……我可以真正沉下心去想的东西。”他停下来，反思自己刚刚说的话，然后补了一句，“发生刚才那些事以后，我确实感觉好多了，虽然我也搞不懂到底发生了什么。”

“我只知道我给了那家伙一张两千美元的支票，好让他告诉我去找个女人。我本可以把钱给你，让你告诉我这个的。”

“见鬼，没错！我最多收你一半的钱。”

吃完午饭后，他们又坐了一会儿，练习远见卓识之人的自律：愿意并决心听任女人进入自己的生活，前提是她满足某些“外形标准”。随后，他们走进附近的公园，坐在野鸭池边的长椅上，有一搭没一搭地聊着天。

他们等着。

这么等了两个小时后，他们决定，还是在面前摆着啤酒的温馨氛围中“听任它发生”更容易些。于是，他们走进了麋茸酒吧。

“你还好吗？”啤酒上桌后，彼得问。

帕特里克猛灌了一大口啤酒。“我也不知道我是不是想这么做。”他坦白地表示。

“你说什么呢？过去的六个月，你一直在找女朋友。你那个广告不是收到了好多信，那些信怎么样了？”

“……我一封也没回过。”

“你这个大骗子！”大块头彼得捶了下桌子，哈哈大笑，“你告诉我，你约过两三个人了！”

“那是为了叫你别再烦我。我不想跟你解释。”

“有啥好解释的？”彼得问。

帕特里克解释说，一旦他打算跟其中一个潜在对象约会，就会发现自己不想面对长期关系。在他进入的少数长期关系中，他总会体验到自己内心彼此冲突的两部分：一部分的他需要被人爱，另一部分的他渴求真理；一个部分把他推向亲密关系，告诉他，只有伴侣才能给他爱和特别感，如果没有这些，他就一文不值，另一个部分将他拖离亲密关系，坚信真正的追寻者在追寻真理的道路上必须孑然一身。

他很想知道自己存在的意义和目的。这已经变成了一种痴迷，导致他追求孤独、寂寞。与此同时，他渴望被爱、被欣赏的那部分又越来越渴望别人的陪伴，导致他由于害怕被拒而与世隔绝。他在冥想中找到了避难所。在那里，他可以压抑自己的需求，说服自己“我正走在真理之道上”。当达琳愤怒地敲打锅碗瓢盆，或者开大音响给玛雅放儿歌时，他就转而修行嬷嬷尊母传授给门徒的密法。

有时候，他觉得妻子像在试图告诉他什么。然而，追寻者的独立和对被拒的恐惧相互促进，强化了他与世隔绝的冲动。他妻子无法理解，最终带着女儿离开了。“你根本就不是跟我在一起，帕特！”她告诉他，“不管我做什么，你都那么冷漠……那么疏远。我觉得，跟我比起来，你更爱你的上师。”

他为婚姻破裂感到羞愧，不光是因为觉得自己失败了，还因为妻子抱着女儿走出家门时，他竟然感到一阵释然。当时，他唯一的想法是，自己现在有时间专注地“追寻真理”了。

但仅仅几个月后，对陪伴和亲密接触的需求就取代了“发现自我”的渴望。内心涌现的强烈需求让他几乎肯做任何事——从试图追回妻子，到给前女友打电话——其中有些人他高中毕业后就再也没见过。当他终于搭上一个女人后，差点儿就跪下摇尾乞怜了。他不惜撒谎说自己多么爱她，好说服她留下来。可一旦她同意成为他的伴侣，他的精神渴求又会蹦出来，压倒他的浪漫需求。他会再次回到冥想修行和上师身边，把女人丢在一旁，让她既困惑又伤心。

他厌倦了在精神渴求和浪漫欲望之间来回摇摆，永远也走不出这个怪圈。他现在已经三十岁了，这两种欲望似乎都无法实现：他对嬷嬷尊母及其教导的热情慢慢消退，他的感情生活也渐渐枯竭，只剩下他孤零零一个人，似乎根本不受女人欢迎。在报纸上打广告是他的最后一招，试图找到他的“梦中女郎”。

“你为什么不放手呢？”又点了一轮酒后，彼得顺口问道。

“我放不开啊，彼得。这是打比方的说法。”

“对啊，我也是。你瞧，从咱们十几岁的时候起，你就过着这种双重生活。你总说要寻找灵魂伴侣，可一旦找到一个好女人，你就会叽叽歪歪，埋怨她让你远离自己的神圣使命。说实话，帕特，我早就听腻了。”

“噢，见鬼！”帕特里克讥讽道，“真的很抱歉，伙计，因为我，你才过得一塌糊涂。”

“我才没过得一塌糊涂呢——你才是！你每次跟哪个女人走得太近，就会突然跑去找嬷嬷尊母，只是为了让那个女人知道，对你来说，她永远没有你的上师重要。每次有女人搬进你家，你就会突然跑去静坐冥想。等她们走了，你又会喝得醉醺醺地哭鼻子，说她们背叛了你，要不就是拒绝了你——可在另一个女人出现之前，你压根儿就不会想到冥想！”

“我会想的！”帕特里克无力地抗议，“不过没关系，我懂你的意思。”

“我还没说到重点呢。你瞧，咱们都有逃避亲密关系的理由——就连正处在亲密关系之中的时候也是如此，但加思今天说的话让我意识到了一点：也许亲密关系是修行之道的一部分。也许你的伴侣——如果你能再找到一个的话——能帮你成长为自由的存在。也许亲密关系是一种工具，就像冥想一样。事实上，也许生活中的一切都是修行之道的一部分。”

“真的？所有的东西都是？”帕特里克满腹狐疑地问，“那生病呢？贫穷呢？我背的债也是我修行的一部分？尤其是现在，泽维尔博士害得我背了更多的债。还有我的肌腱炎呢？这杯啤酒呢？还有这个……”

“对，全都是！在我看来，修行讲的是非二元对立、和谐一致、平和安详，对吧？呃，和谐一致就意味着没有分裂，没有分裂就意味着包容——要么全有，要么全无。根据定义，和谐一致就不能拒绝任何东西，否则就不是和谐一致了。你不能说‘冥想是修行，但性爱不是’，因为这是从排斥和分裂的角度说话了。”

“哇！彼得，你说的真的好有道理啊！”

“见鬼，去你的！”

“不，我是说真的，伙计！你说得对。”

“我自己也很惊讶，”彼得承认，“事实上，我觉得我已经准备好……接受下一段亲密关系了。”

“你真走运！”帕特里克真心诚意地说，“真的很谢谢你说的。现在我才意识到，我一直在逃避亲密关系，因为我觉得自己实在太糟糕了，不配做任何一个女人的伴侣。”

“假如你知道自己是从什么时候起第一次决定相信……”彼得调皮地微微一笑，“会是几岁？”

“我会好好想想的，”帕特里克向他保证，“我是说，我会听任它发生的，”他纠正了自己的说法，“但说实话，我觉得这整件事都挺傻的。要是我的朋友现在看到我，肯定会笑掉大牙。”

“那我呢？我也是你的朋友啊。”

“我是说真正的朋友，彼得，”帕特里克说道，然后起身去洗手间，

"你懂的——那些真正重要的朋友。"

未处理的家庭问题

帕特里克站在小便池前，盯着墙上以前读过无数遍的涂鸦：

> 我老婆让我信了教……我以前一直不信有地狱，直到我娶了她。
>
> 我和妻子幸福地生活了二十年……直到我遇见她。

除此之外，墙上还有提供各种性交易的留言。帕特里克惊讶地发现，他光凭记忆就能背出来——包括具体细节。过去两年里，他一直站在同一个位置，读着同样的涂鸦，排泄出同样的啤酒。他整个人生就是一个无尽的怪圈，包含一成不变的行为习惯，但他很少有意识地去思考。"至于是为什么——出于什么目的？"离开小便池去洗手的时候，他心想，"可能是为了让自己别去感受。"

他平均每天可能会有五万个念头，十几个"有趣"的生活小发现，被几句深刻的谏言打动……但他想不起自己有过什么强烈的感受。为什么体验到对父母强烈的爱会让他如此惊讶？当他离开家的时候，他妈妈强忍着泪水，他老爹喝得酩酊大醉，他的四个兄弟姐妹不是出去看电影了，就是去朋友家了。从那时起，他就很少想到他们，也很少听到他们的消息。他不知道，如果家里有人去世了，会有人打电话通知他吗？

他内心一震，发现自己确实在乎他们。当家人的脸庞浮现在他脑海中时，强烈的情感如潮水般涌了上来：时而悲伤，时而愤怒，但大多是温柔和关怀。他甚至为他们骄傲：迈克尔，他会脱下自己的衬衫送给别人；约翰，就算在最可怕、最痛苦的情况下，他也能发现可莞尔一笑之处；小美人凯瑟琳，就连街头的流浪猫、流浪狗都会跟着她回家（她也希望把每一只都留下）；当然，还有年纪最小、脑子最灵光的杰琳，她的毒舌点评会让你尴尬得恨不得找条地缝钻进去。多棒的一群人啊！他不知道为什么自己会离他们这么远，为什么从来没想过他们。他望向镜子，看见一个高高瘦瘦的男人站在小便池前，突然感到背后一阵发凉。他知道答案了。

老爸。

父亲给帕特里克的过去投下了长长的阴影。尽管他又矮又瘦，但脾气可大得很。帕特里克不知道老爸是从什么时候开始酗酒的，还是说他在酗酒前就是那个样子，但在某个时刻，他痛苦地意识到，不断蔓延的阴影正渐渐吞噬着整个家。很难说是哪种最伤人：是难以预测、反复无常的殴打，无休止的辱骂，还是不知“怪物”迈进家门时会是什么状态。

但是，最痛苦的是看着他深爱的人——他的兄弟姐妹眼中充满恐惧和悲伤。随着时间的流逝，随着阴影的蔓延，他们出色的才华、他们独特的个性、他们的……优秀之处，似乎都消失了。

此外，还有他妈妈。她活得像个长期饱受折磨的圣徒。她从不抱怨，从不说丈夫的坏话，似乎也从没想过离开他——不管孩子们为此祈祷了多少遍。看到她默默忍受自己背负的枷锁，真是件痛苦的事。但随着时间的推移，熊熊燃烧的怒火取代了帕特里克原本的同情和理解。毕竟，她只是站在一旁，看着丈夫发酒疯。什么样的妈妈才会不保护自己的孩子？他轻蔑地想着，愤怒地离开了洗手池。

洗手间只剩下帕特里克一个人了。对于帕特里克在洗手间干吗，彼得可能会冒出不少奇怪的念头，但帕特里克继续盯着自己的镜中影像。说到亲密关系，他到底在怕什么？怕自己会变得像老爸一样？不，不是。不管怎么说，至少不是完全如此。他是不是恨自己的妈妈，所以拿所有女人出气？才不呢！好吧，也许吧……他紧紧地盯着镜子里的年轻人，陷入了深思。他很怕这么想，但会不会是……他，帕特里克 · 肯尼迪，才是阴影？

就是这个！他才是坏人！不管他去哪里，坏事都会如影随形，他只会给女人带去伤害。他把错统统推给爸爸，就是因为不想意识到这个。但现在是时候停止逃避了。他所有的浪漫恋情和亲密关系中都会出现阴影——不是马上就出现，但最终，阴影都会不可避免地出现并带来毁灭。他是个糟糕的伴侣、糟糕的爸爸、糟糕的男人，配不上他追寻的爱。他才是阴影。

他确信自己走上了重大转型突破的正轨，但需要找加思确认一下，老师能帮他冲破那堵高墙。正是这堵墙隔绝了他人生中爱意融融的健康关系。他要马上提出来，而且……哦不！在听任另一段亲密关系进入他的生活之前，他还不能回去——这是老师下的指示。但是，阴影导致这根本不可能实现。卡壳了！他突然好想自暴自弃。

不过，他意识到了加思的高明之处。老师显然知道他必须面对什么，才能在亲密关系的赛场上重新站在起跑线上。他突然想到了老师提到过的“未处理的家庭问题”。他还没看见一个潜在伴侣，潜意识中的阻碍就已经出现了吗?

但是，他不确定自己是不是想用这种方式愈合旧伤。他能用其他的方式吗?某种不涉及别人的方式?某条他能独自一人、私下走完的路?他想，肯定是有的，因为他不能把这个重担强加给别人。他厌倦了被女人看成怪物，厌倦了认为她们在他出现前活得很好，在他离开后会活得更好。他厌倦了做坏人。他对自己说:“帕特里克·肯尼迪，总而言之，你是个失败的伴侣。你最好还是一个人待着，没有女人为伴，没有情感纠葛，这样就不会有人受伤。因为可以确定的是，如果你再蹚这浑水，肯定会有人受伤。”

镜子右边的一幅涂鸦吸引了他的眼球:

我希望我错了，因为如果我是对的……这就是我得到的!

突然之间，涂鸦变得意味深长了。他总在听自己脑海中批评、数落的声音，一直假定它说的是真的。但如果它说的是错的，加思说的才是对的呢?如果他根本不是坏人呢?如果他配得上一段爱意融融、无比和谐的亲密关系，配得上弄清楚自己到底是谁呢?如果正如彼得所说，这两种欲望并不是互相排斥的，而是可以互相促进的呢?

“但如果我真是坏人，加思才是胡说八道骗人的呢?”他脑海里的声音问。

谁才知道真理到底是什么？谁才能充满自信、确定无疑地穿越人生的迷宫？

倾听你的内心，它会轻声回应。

可是，可是……

倾听你的心声。

可它什么也没说啊！

你要愿意听，它才会说话。

“好吧，”他对镜中的自己说，“我愿意……试试看。我很怕，不明白怎么才能听任事情发生。况且，加思大部分时候说的话我都听不明白。可是……”他重重喘了口气，“我愿意拥有……一段……一段……亲密关系。”他为自己很难说出“亲密关系”这四个字而惊讶，尤其是用在这句话里。帕特里克寻找了这么久“梦中女郎”，这时才终于想通了，他真正感兴趣的其实是追寻的过程，而不是“猎物”本身。

他想起了加思说的话：“远见卓识之人明白，如果他们没拥有某样东西，那是因为他们并不是真的想要它，而是更想要别的。”

“好吧，”帕特里克大声重复了一遍，“我——愿意——拥有一段亲密关系！”

“抱歉，伙计，你不是我喜欢的类型。”恰巧走进洗手间的男人打趣道。

听任觉知

就这么一小会儿，彼得的身边已经多了两个人。帕特里克走近桌子，发现彼得左、右两边各有一个女人，同时在跟他说话。彼得的脑袋转来转去，一会儿盯着这个，一会儿看着那个，难得露出了发自内心的微笑。帕特里克坐下来，跟两个人相互介绍了一番。

丽莎和杰西卡是帕特里克见过的难得的生机勃勃的两个人。她们幽默感十足，好奇又调皮。相比之下，帕特里克觉得自己就像脚丫子上的真菌那么无趣。两个女人越是试图找他聊天，他就越是动弹不得。“太快了！”他心里在尖叫，同时努力保持脸上的笑容，“我是说我准备好了，但不是说今晚就行啊！”

他在“被迫做事”和“听任事情发生”之间纠结，全身僵硬，很不自在。每次有人对他说话，他都会笨拙地揉揉眼睛、挠挠鼻子，免得自己的脸完全暴露出来。他心烦意乱，暗地里希望两个女人赶紧走，或是天花板掉下来砸到自己的脑袋上——不管发生什么都行，只要能结束这种痛苦就行！“你有啥毛病啊，帕特里克？”他问自己，“你是个该死的婚姻咨询师，竟然还怕亲密关系！”

接着，他想起了加思说的话。那几句话在他脑海中萦绕不去：“远见卓识之人知道自己不仅仅是自己的感受。运用你的觉知。如果你体验到的是真实感受，你的觉知会强化它；如果不是，你的觉知会削弱它，只留下真实的东西。”

帕特里克努力睁大眼睛，内观自省，听任自己沉浸在羞涩、尴尬的感觉中。这让他好想逃跑并躲起来。他全身微微颤抖，仿佛他的身体被别的东西占据了，此时感觉受到了他意图的威胁。每当丽莎或杰西卡望向他时，他都会显得很尴尬。他的某个部位，通常是脸，都会想抽搐。真该死！他的思绪越来越纷乱。

看在老天的分儿上，帕特里克，控制住自己——你都三十岁了！这又不是在高中舞会上！

所以说，就是这个让我远离女人的。我一直都这样吗？我遇到达琳的时候，也有这种感觉吗？

没错……但我用加快语速或是插科打诨掩饰过去了。

见鬼！她刚刚问了我一句话！我该怎么办啊？我连她叫啥都不记得了！

我一句风趣的话也想不出来！

帕特里克备感焦虑、浑身僵硬、张口结舌，无法加入大家的插科打诨之中。他越是体会这种感觉，就越是意识到威胁感掌控了自己的人生。他把注意力放在威胁感的核心，听任它淹没自己。让他惊讶的是，威胁感突然停止了掌控。他的身体放松了下来，抽搐也消失了。某种更深刻的感觉包裹住了他——那是被人拒绝的感觉，就像小孩被父母喊回房间闭门思过。他惊讶地发现，他为自己难过，那种被拒的感觉其实是没人要的感觉。他抛开那种感觉，转而关注那种感觉的核心。在那里，他发现了另一种感觉——孤独感。不到十分钟，他就体会到了一系列情绪、感觉和感受。每次他钻进它们的核心，都会发现另一种感觉。最后，他终于抵达一处祥和、平静的所在。随着那份祥和、平静不断滋长，他发现杰西卡和丽莎似乎也变得更放松、更平静了。他意识到，她们表面上的精力充沛也是为了掩饰自己的不自在。

现在，帕特里克不再觉得别扭了。他发现，自己更容易小口啜饮啤酒，而不是大口大口往下灌，以此控制紧张情绪了。这是件好事——他每次觉得不自在时就会狂喝滥饮，喝掉的酒足以填满他那辆庞蒂亚克的油箱。乍看起来，彼得似乎举止得当。但帕特里克发现，彼得喝起酒来比平时快了许多。对彼得来说，这意味着酒杯始终不离嘴——他可能就是这么打算的。

帕特里克想跟彼得分享自己的成功经验，鼓励他也试试觉察自己的感受，但又不想当着两个女人的面说出来。两位女士聊天的时候，他用口型冲彼得比画“远见卓识之人的决心”，但彼得的读唇功夫不到位。试过几次后，帕特里克忍不住在酒吧的喧嚣中大声说：“我说，用‘远见卓识之人的决心’！只要把注意力放在你的感受上，愿意放手就行——其实很简单。”

“你该说，远见卓识之人的自律！”丽莎笑着说道。

“哦，不！”两个男人异口同声地惊呼起来，难以置信地对视了一眼。彼得满腹狐疑地扭头看着淡黄色头发的女人：“是他派你们来这儿的吗？”

“谁啊？”杰西卡插话。

“加思——是他派你们来这儿见我们的吗？”

“别告诉我你俩也对那玩意儿感兴趣！”杰西卡难以置信地说，“加思·泽维尔？我还以为他只想要丽莎这样的女徒弟呢。”

“我俩这周才刚开始跟他上课。”彼得告诉她。他和帕特里克轮流讲述了他俩是怎么遇见神秘的泽维尔先生的。他们说到早上的课和奇怪的课后任务时，两个女人都哈哈大笑。

“你是说，他叫你们出来找女人？”杰西卡问，“这不是男人的原动力吗？”

“他原话不是这么说的，”彼得解释道，“他说的是，让我们出来‘接受’我们的下一段亲密关系，然后再回去。他是不是这么对你说的，丽莎？”

“不是啊。但我遇见加思的时候，已经在恋爱了。事实上，他是在我上完第一堂课后才告诉我第一法则的——你懂的，‘今天能做的事就别拖到明天’——我回到家，就叫男朋友滚出去了。”

“加思对此说了什么？”

“什么也没说。他只是告诉我，我可以接着学第二法则了。那是三个星期前的事了。”

“你没瞎扯吧？”彼得大声惊呼，“你怎么能听懂那个人说的话？”

“听不懂啊，”她给了他们一些建议，“我见过几个学到第七、第八法则的学员，他们还是听不懂他说的话。其中有些人，呃……我觉得我的状态不是很好，但有些人似乎比我还糟。他们都差不多快学完了！”

帕特里克的肠胃抽搐了一下，感觉像被球棒敲了脑袋。丽莎几乎证实了他的疑虑，整个课程就是个大骗局。从现在起再过八个月，掏光一万六千美元后，帕特里克走出泽维尔先生家的时候，状态会比他走进去的时候还要糟。这个世界似乎总爱跟他开玩笑，总会挖些新坑让他往里跳，但这次他真的下定决心了。

“好吧！”彼得哈哈大笑，双手猛拍桌子，震得玻璃杯乱晃，“我这辈子被骗过好多次——也被真正的高手骗过，可从来没这么开心过！你真会爱上这家伙！”

“我也觉得，”丽莎承认，“我觉得他棒极了。况且，我也没被骗——他给我上课不收钱。”

“什么？”彼得和帕特里克异口同声地大喊。

“我跟你们一样惊讶。起初，我以为他是想泡我。后来，我真希望他能来泡我。但他只是想……我也说不好，把那当作礼物送给我。”

现在，帕特里克真的是晕头转向了。他不但不知道该想什么——此时此刻，他都不知道该怎么想了。

“确实是他派你来的，对吧？”彼得质问道。他一直是个愤世嫉俗、满腹疑虑的家伙。

“什么？他为啥要那么做？”

“这是骗局的一部分！他派你过来，让我们相信加思·泽维尔是某个古怪的神秘人物。你先引出我们对他的疑虑，然后把它们统统否定掉。这种事我见过太多次了。”

“我都不懂你在说什么。他为啥要搞这么麻烦？”

“为了钱呗。”彼得举起酒杯，佯装向加思·泽维尔致意。

“你觉得他是盯上了你那可怜巴巴的两万美元？”

“是一万六千美元。”帕特里克纠正了她。

“随你怎么说吧——他跟别人都收两万美元。不过，相信我，他做这个不是为了钱。他跟他太太有的是钱，比一千个学员能交的多得多。”

“好吧，也许他想骗我们入邪教，或是别的什么。”

“邪教？”杰西卡难以置信，“这都什么年代了啊？”

“这种事哪个年代都有。”彼得一口咬定。

这是一条真心的道路

“你瞧，”丽莎说，“也许这些东西不适合你。也许这太古怪了，或是别的什么，但你也用不着说加思的坏话吧。关键在于学会遵从本心，如果你总是靠脑子想，就永远没法理解。根据你的猜测，会有很多种可能，但如果是这样，你就永远都不会明白他能给你什么。这是心灵之道。我见的不少七八级的学员都还没弄明白这个。”

“那他们在那儿干吗呀？”彼得好奇地问。

“我也不知道。也许在这条路上，级别没有任何意义——也许是因为没有什么可获得的，也没有什么可实现的。谁知道呢？”

“你觉得呢，杰西卡？”彼得问另一个女人。

“别问我。我只见过那个人一面，但什么事也没发生，也许他不是我感兴趣的那种类型吧。但我要告诉你一件事，上他的课肯定是有用的——至少丽莎终于甩了那个踩在她头上的渣男。”

“我还是不明白。”彼得摇了摇头，“话说回来，那家伙到底是谁啊？他看起来像20世纪50年代电视剧里的慈父，用某些奇怪的伎俩骗人上他的课，跟每个人收的钱还不一样，教大家的是……什么来着？咱们学的到底是啥呀？”

“如果你不知道的话，”杰西卡问，“为什么还要去？”

大家都陷入了沉默。“我为什么要去？”帕特里克扪心自问。那个男人到底哪里有这么大魅力？自己明明根本不知道他能提供什么，还一周接一周开车跑去那个前不着村，后不着店的鬼地方！这根本说不通嘛！但话说回来，他这辈子究竟拥有过什么？多年的正规学校教育，琐碎的暑期和兼职工作，噩梦一般的大学生涯，他的咨询工作、破裂的婚姻、累累的债务……这一切到底有什么意义？他真是为此而生的吗？他降临在这个奇妙的世界，只是为了陷入毫无意义、普普通通的生活套路？当然，并非全是如此——咨询工作通常有趣又令人满足，他也喜欢坐在嬷嬷尊母脚边，听她轻吟浅唱。但他生活中的许多方面都存在问题，没有明确的目的或意义，无法将生活的方方面面整合起来，拼成一幅令人满足的清晰画面。那他为什么会被另一个没有明确目的或意义的东西吸引呢？

“我要去，是因为这感觉……很对，我也不知道为什么。不是‘对错’的‘对’，而是在内心深处感觉就该这么做。”他把手搁在心口，“对我来说，这种感觉真的很棒。我也解释不清楚。这很不寻常，因为通常来说，不管是什么事，我都能给出解释。”

“我也这么觉得。”彼得附和，虽然他能看出，帕特里克并不是太信服。

“我也是！”丽莎也加入进来。大家同时举杯，向神秘的老师致意。

“敬加思·泽维尔！管你到底是谁呢！”彼得大声宣布。

第三章　天赋的礼物

你们在上苍有朋友，需要帮忙的时候，可以向他们求助。

——加思·泽维尔

1985年12月

“我是什么人？”加思神秘地微微一笑，“不妨说我是个老朋友，是回来报恩的。”

帕特里克足足花了三周时间才做完“亲密关系课后任务”，很高兴能再见到老师。见到丽莎和杰西卡的第二天晚上，彼得就开始跟杰西卡约会了。从那时起，他就定期上加思的课。帕特里克和丽莎没有同样的化学反应，所以在接下来的一周里，帕特里克一直疯狂地嫉妒彼得。他觉得，对彼得来说，一切似乎都很轻松。帕特里克陷入了痛苦的逃避，竭尽全力避开彼得，直到彼得走进他的办公室。

“你没收到我昨晚的留言？”彼得在帕特里克对面一屁股坐下。

“没啊，”帕特里克不安地答道，“什么留言？”

“我跟加思出去喝酒了。我打电话到你家，喊你一起去。”

“哼！”帕特里克闷哼了一声，低头瞄了一眼办公桌，伸手挪动了几样东西。见鬼！他跟加思一起出去玩了！这浑蛋怎么这么走运？“我的电话答录机大概出问题了。”

“也没啥大不了的，不过挺有意思的。加思会讲特搞笑的荤段子。”彼得说。

帕特里克的心抽搐了一下，在自卑和嫉妒之上又添了几分妒忌。

“真的吗？”他努力让对话继续下去。

“对啊，他特幽默，还超能喝！我只见过他这么一个比我还能喝的！”

“真是……酷啊。”

“不过，有趣的是，我讲耶稣笑话的时候，他看起来有点儿不自在，只在听到哏的时候稍微笑了笑。”

“你给他讲了啥啊？”

“你懂的，有耶稣打高尔夫的，还有他被钉在十字架上的……还有一个我记不得了。”

“也许他觉得不好笑吧。”帕特里克说。他为彼得没能逗乐加思而暗暗得意，但心中不免冒出了几分惭愧。

“有可能吧……但我觉得他可能是基督徒。也许他觉得耶稣真的存在过。”

“你又来了，彼得！你是唯一觉得耶稣和佛祖不是真实存在的人——除此之外，你还觉得《薄伽梵歌》（罗马名为：*Bhagavad Gita*）里的奎师那（Krishna）和《罗摩衍那》里的罗摩（Rama）都没存在过呢。”

“我才不是唯一的呢，”彼得反驳道，“很多人都做过调查，得出了同样的结论。”

“好吧，你们都是蠢货！”帕特里克突然发火了，刻薄的话“喷薄而出”。他意识到自己正狠狠地瞪着彼得。彼得靠在椅背上，惊讶得张口结舌。

“我到底做错啥了？”沉默了几秒钟后，彼得问道。

“没什么，”帕特里克不敢直视好友的眼睛，“只是我前几天感觉不大好。”

“别糊弄我了，帕特。你脸上的表情我比你懂——毕竟，这么多年我一直盯着它看。你在生我的气，因为我在跟杰西卡约会，对吧？还因为我去见了加思，甚至跟他一起出去喝酒，对吧？”

“我才没生气呢！”帕特里克嘟囔着。

“你当然没啦！你只是在工作的时候总是这副模样。我敢打赌，这真能让你的客户信心百倍——他们走进这里，看着你这张脸，就会意识到自己的生活其实也没那么糟。”

“你这人真搞笑，彼得。也许有点儿太搞笑了。”帕特里克疲惫不堪地说，“我生气不是因为杰西卡或是加思。我气的是，对你来说，一切都太顺利了。就像我们上学的时候——我努力学习，你只会抄我的。”

“你从来都没努力学习过。”彼得纠正他道。

“我担惊受怕才拿到那分数的！不管怎么说吧，我为自己得到的东西流了不少汗，你却轻轻松松就混过了高中，分数还比我高！事情老是这样，我真是腻烦透了！”

“你知道你的问题出在哪儿吗，帕特？你总觉得自己高人一等，觉得你比我更配得到各种好东西，因为你更追求精神满足、更聪明、更努力……你还觉得，加思应该更喜欢你，而不是我。”

“我才没有呢！”帕特里克无力地反驳，但彼得太了解他了。

“你当然有。你每次遇到一个老师，都会做同样的事：你会开始学他说话，相信他说的每句话——老天啊，说真的，你甚至会学他走路！”彼得哈哈大笑，但帕特里克仍然闷闷不乐，“还记得你迷那些西部小说的时候吗？我忘了叫啥，就是那个讲牛仔布坎南的？有一天，我在地铁站看见你，你像个真正的牛仔一样大踏步前进，甚至把两只手悬在大腿两侧，就像两边都挂着六轮手枪似的。我从没见过那么搞笑的事！”彼得笑得前摇后晃，猛拍桌子。帕特里克好不容易挤出一丝尴尬的笑容，轻声笑了笑。

“嘿，那是很久以前了，彼得。我那时才十七岁。”

“噢，所以你觉得你现在变了，对吧？”彼得总算是笑够了，但还是一脸调侃，“我瞧见你已经开始模仿加思了，把他说的每句话都当真理，把它们变成你的人生准则。”

“我才没有呢！我只是觉得他讲的真的很有道理，很符合我的世界观。你得承认，他说的确实在理。”

“只有我自己试过的东西才有道理，我可不会把他的话当成上天的福音，除非我亲眼看见过、亲身体验过。你完全接受了他说的每句话，就像你已经全想通了一样，可你从来没亲自试验过。我觉得，你其实根本不信什么远见卓识之道的鬼玩意儿，只是喜欢在脑子里胡思乱想罢了。然后你又怪我，就因为我出去试了。”

“你啥时候变得这么聪明的？”帕特里克一脸嘲弄。

“我这辈子都围着一个天才转呀。”彼得回答。

两个人沉默了几分钟。“课上得怎么样？”最后，帕特里克终于忍不住发问。

“哦，还行吧，”彼得打了个哈欠，“我听大家讲故事都听腻了。但有时候加思会抓住某个人说话的口气，或是他们话里的某些关键词，像饿狼盯鹿一样盯得紧紧的。在那个学员开始‘走过程’之前，他都不会放开。事实上，这还蛮酷的。”彼得思忖了一会儿，“可是……”

“可是什么？”

“我也说不好。没有你在，感觉就是不一样。”

邀请一份关系进入我的生命

彼得离开后，帕特里克满口的苦涩滋味挥之不去。接下来的几天里，他继续努力做“敞开心扉接纳亲密关系”这项课后任务，也在生活的其他领域实践“远见卓识之人的决心”。他意识到了自己的拖延症，就开列优先事项清单，努力做到“今日事今日毕”，确保不漏掉一件事。他还尽了最大努力，觉察到自己总把外界放在第一位，而把自己放在第二位。他发现自己变得怒火冲天，为他总是乖乖听话、任人践踏而自责。

让他惊讶的是，他从来没意识到自己的负罪感，还有为了讨好别人而压抑自己的喜好。他发现，自己经常在餐馆默默地咽下冷掉的饭菜，被滔滔不绝、不肯离开的来访者占用午餐时间，或是被推销员劝说买下根本不想要的东西。他不知道改变固有模式为什么会这么难，但发誓要终结这一切……总有一天吧。

他上完加思的第一堂课，改变了对钱的看法后，接下来的一周，来访者的数量有所增加。这让他大受鼓舞。第二周，来访者的数量下降了。但考虑可能的原因时，他只能想到“破事躲不过”。

随后，他试了试加思教的技巧。他扪心自问：“为什么自己不想要更多的来访者（假如他真的知道的话）？”马上就得出了答案：虽然他热爱咨询工作，但仍然将工作视为消耗能量的事。来访者越多，消耗越大。

这种工作态度似乎不可能马上改变，所以他想出了一个提高效率的办法。这样，他就能直面自己的负罪感和讨好他人强迫症，将远见卓识之人的自律用在这上面了。

秘书对他这么做是否明智提出了质疑。不过，帕特里克提出给秘书加薪后，她的态度就大为改观了。

然而，他还是没能找到自己的另一半。

这项课后任务更令人沮丧的地方是，加思对他的成功抱以厚望。在青少年时期和成年以后，帕特里克都把约会看成纯粹的概率问题。如果他恰好在正确的时间出现在正确的地点，说的某句话恰好让对方感兴趣，对方碰巧又没有其他事要做，两个人就会看对眼。有时候，他会有种感觉："就是这个！她就是我一直在找的人！我坠入爱河了！"不过，随着时间的推移，对他或是对方来说，这些感觉会渐渐改变，双方会经过一个很纠结的阶段，最后为这段感情画上句号。

想离开的是谁并不重要。他发现自己总是形单影只，他暗暗怀疑，这是因为生活对自己不公，或是他无法融入这个世界，抑或是女人想要的东西他给不了。他实在想不通到底是为什么。二十六岁结婚后，他觉得自己不适合跟人做伴，是个不走运的家伙，一直在等那段关系结束。他不相信婚姻能持久——成功完全靠运气，而他根本没那么走运！

随后，泽维尔先生就出现了。他说现实是人的信念创造出来的，把帕特里克的"运气理论"解释为一种防御机制。根据泽维尔先生的说法，帕特里克努力追求亲密关系，但又屡屡失败，真正的原因在于，他在更深层的潜意识中觉得自己不配被爱。就算他真能找到一个女人，对方能忽略他的愤世嫉俗、抑郁和自卑，仍会发现帕特里克·肯尼迪这个人根本不值得爱。透过这副有色眼镜，帕特里克看到的世界充满了最终会拒绝他的女人——那只是时间问题罢了。也就难怪，在经历过几段似乎能验证这种信念的感情后，虽然帕特里克想寻找另一半，但潜意识防御机制却会确保他永远找不到！

帕特里克意识到，他其实一直都知道，他觉得自己不配拥有亲密关系。虽然他从来没有清醒地觉察到，但多年来直觉一直默默地这样告诉他。

如今，他面临着更大的挑战。根据加思的说法，成功的亲密关系完全取决于他是否愿意听任别人进入。“但我要怎么‘听任’别人进来？”他在图书馆、博物馆、夜总会和百货商场游荡时，这个问题一直困扰着他。“我怎么才能愿意拥有一段我相信会被自己毁掉的关系？”每当“我愿意接受一位伴侣”的想法浮现时，他都会充满既不积极也不正面的情绪。经过九天九夜的纠结，他气馁地认输了。彼得说得对：他接受了加思说的每句话，希望通过吸收、消化这些东西，让自己的生活有所改变，但他并没有真正去体会。加思教的东西根本不符合他在生活中的真实感受。

帕特里克意识到，自己没法回去上课，只能走上绝望与虚无之道。他再一次陷入了抑郁。他第一百万次想到结束自己的生命。他太软弱了，毛病太多，没法在这个世界上活下去。在这个世界上，好人最终都会自寻死路，只有浑蛋（像彼得这样的浑蛋）才能青云直上。

尽管深陷自怨自艾的泥潭，他还是决定做晚饭，而不是自杀。他迷茫又沮丧地走向超市，心想："只有对那些抱有强烈信念的人，意愿才管用。像加思和彼得那样的人，他们既有勇气，又有自信。我需要的不光是意愿……大概得做大脑移植才行吧。"

他突然想起了远见卓识之人的自律的后半部分：决心让它发生。真棒——又多了个不解之谜！到底要去哪儿才能找那种决心？他为了改善生活或实现重大目标，试过各种各样的技巧和窍门——催眠、想象、肯定、重新构想，乃至跟其他学员和残酷无情的培训师一起憋在屋子里，体会强烈的情感和心理冲突。然而，那些玩意儿的效果都不持久。它们帮他解决了比较小的问题，但从来没有触及核心信念：要么是那些信念太强大，永远无法消失；要么是他从来没有那么坚定。

但是，要多坚定才能"听任"伴侣走向我？他脑海中浮现出了答案：要足够坚定！

"这答案还真管用啊，"他讽刺地想，"真是谢谢了啊！"

"我愿意接受，我愿意接受，我愿意接受……"他一边在超市里穿行，把吃的扔进购物车，一边默默重复这句话。他深深地体会到，无足轻重感在告诉自己，他不配得到任何东西，应该放弃这个愚蠢的游戏。他被这种感觉震惊了，继续一刻不停地默念，不是为了阻隔消极思维——就像他在"积极思考"工作坊中学到的那样，而是为了觉察到自己的消极情绪。他敞开心扉去体会，差点儿因为伴随无足轻重感而来的绝望、心碎和空虚而恶心想吐。他被这股洪流惊到了，好想停止"走过程"，跑出去看场电影，或者喝得酩酊大醉。不过，他压抑住了这种冲动，潜入痛苦的核心。

他脑海中突然浮现出了很久以前看过的一部电影。那部电影叫作《不可思议的航行》，讲的是一群科学家身体被缩小，乘坐小型潜艇，被注射进某人的血管。此时此刻，帕特里克与电影中的主人公感同身受。随着潜入信念体系的核心，他感觉自己就是个无名小卒，掉进了充满痛苦和复杂感受的大世界。有时，他会感觉到突如其来的愤怒，有时则是深切的失落和悲伤。但那些感觉会渐渐消失，化作另一种同样或更让人不舒服的感觉，某种既熟悉又陌生的感觉。

每种新感觉在意识中浮现时，他都会停下来，闭上双眼。每种感觉似乎都有自己的色彩和声音。每种感觉都附有一句话，反映出他多年来不知不觉背负的信念。

“我愿意接受，我愿意接受……”

当他进一步潜入感受的深渊时，另一句话突然出现在他脑海中：“我能感到平静。”他不知道这句话来自何方，但他心想：“管他呢，就像我爸常说的那样，‘总比被冻僵的靴子踹屁股要好’！”过了一阵子，当另一种感觉浮现时，他已经不需要停下来闭眼了。他发现，自己可以深入它的核心，一边挑选购物清单上的东西，一边看着它渐渐消失。

结果 = 意图

突然之间，他撞上了心理屏障，就像当胸被打了一拳。他条件反射似的闭上了眼睛。随之而来的是无法穿透的黑暗，以及令人喘不过气来的压抑感。然而，它说的话却如同事或密友般温柔，告诉他这只是在逃避现实："事实上，帕特里克，你的生活平淡无奇，因为你只配得到这样的人生。你能有现在的生活，就已经够幸运的了。面对现实吧，你根本就不配。"在失望的外壳之下，涌动着令人难以承受的无足轻重感。这让他回想起了高中老师在他撒泼胡闹时说的一句话："肯尼迪，你都不值得我费劲过去揍你。"难怪以前的技巧和窍门都不管用了！如果他拥有让它们生效的自尊、自信，其实根本就不需要它们！

刹那间，他的胸口闪过了一道微弱的光。那道光虽然没有心理障碍那么令人震撼，却给了他一种古怪的笃定感，或者说是了然感。接下来是另一道微弱的闪光，那是一种洞悉感。他明白了，决心不能被逼出来，也不是源于严格的自律，它源于意识到自己配得上接受生命的礼物。当感到自己有价值的时候，决心就表现为耐心。

但是，人并不会突然相信自己有价值、很重要，只会在内心深处洞悉这一点。

结果 = 意图

"意图"真正的含义是"内心的坚持"。人们将世界视为自己内心认定的结果。帕特里克突然明白了这项课后任务有多重要。加思并不在乎他是不是拥有亲密关系，只是用这个练习告诉学员把自己摆在生活中第一位的重要性。帕特里克，或者更确切地说是"真正的"帕特里克，有权拥有他真正想要的一切。仅仅是因为他觉得自己无足轻重、不配获得，才阻碍了他拥有这一切。追逐外物只会强化这个信念，让他觉得自己不配无条件接受。如果他真的把自己放在第一位，其余的自然而然会到来。转身背对光明，你只能追逐自己的影子。朝着光明大步迈进，影子就会跟在你的身后。

帕特里克突然觉得自己很可笑，他竟然花了那么多时间追逐亲密关系。他当然能拥有伴侣，这有啥大不了的？这种感觉怪怪的，就像肩头的重担突然消失了，多出了大把自由空间。他刚刚意识到的东西让他对“梦中女郎”的追求变得毫无意义，也让他对所有世俗目标的追求变得微不足道。他降临人世是出于某种目的（这个目的是他在外界永远也找不到的），而他配得上这个目的，其余的一切都将支持他实现这个目的。站在超市里，排队等着买熏三文鱼的时候，他向宇宙中无形的力量屈服了，抛开了这辈子对“完美女性”的痴迷。

走近阴暗面

第二天，他在公园里遇见了米拉。她拿着一台老式柯达相机，给在草坪上吃草的小鹿拍照。他并没有体会到所谓的“一见钟情”，但两个人的眼神交会时，他感觉身子像过了电一般。那是一种赏识。那一瞬间，他就确信两个人必定会走到一起。

“你不是真在拍那些家伙吧？”他戏谑地问道。

“不行吗？它们那么美。”

“你肯定是刚来麋鹿镇不久。你是从东部某个大城市来的，对吧？”

“你怎么知道的？”她惊讶极了。

“在西部，尤其是在像麋鹿镇这样的地方，我们一眼就能看透鹿的本性。它们就是一群恶魔，毁了我们的花园，在我们的草坪上拉屎，害得我们的狗发疯，还总在嘲笑人类，因为我们没法杀了它们——它们是受保护的。”

“好吧，我从来没这么近看过它们。如果我们那边冒出一头鹿来，街上的车全会停下来，每个人都会盯着看，拼命拍照。本地新闻都会报道呢！”

“好吧，你再待一段时间就会腻烦了，因为它们总是阻碍交通，你甚至会很想一不小心撞飞几头。在我们眼里，它们就像超大只的耗子。”

“好吧，我倒觉得它们很美！”女人边说边把相机对准一头大角雄鹿。她连按了六七次快门后，帕特里克咯咯笑了起来。

“反正没关系，我都说它们是恶魔了。等你把照片洗出来，上头只会有邪恶的阴影。”

“噢，别瞎扯了！”她开玩笑似的扇了他的胳膊一巴掌。

“是真的——绝对是邪恶的阴影！如果我能证明的话，你愿意让我请你同进晚餐吗？”

“好呀。”她羞涩地微微一笑。

“棒极了！我要告诉你一个秘密，怎么才能在它们邪光笼罩下拍出清晰的照片。”

“要怎么做呢？”

“很简单——揭开镜头盖就行了。”帕特里克微笑着解释道，得意扬扬地指着她的相机。

“你这坏蛋！”她又扇了他的胳膊一巴掌，这回用的力气大多了。

米拉刚来城里不久，这就为帕特里克提供了一个完美的机会，做他最擅长的事：找好吃的地方。他熟悉这座小城里每一家餐馆，能带她去符合她口味的地方，然后去享受她挑选的特别“饭点甜点”。米拉是他的“猎物”。有生以来第一次，他没费半点儿力气，剩下的一切都顺理成章了。

接下来的日子充满了欢声笑语和深层的情感探索。在米拉这里，他找到了同伴，能够深入探索最激烈的情绪，无须恐惧，也无须犹豫。恐惧和犹豫一向是帕特里克的专长。当米拉冲进他盛放累累伤痕的旧房间时，他紧张地跟在后面，求她别往里看，别去碰那些东西。

“跟我说说你和达琳吧。”两个人在帕特里克最喜欢的意大利餐馆吃完小牛肉后，米拉说道。

“没什么可说的。”他表面上不动声色，但胸口的一阵绞痛让他瑟缩了一下。

“你还爱她吗？”

“我真的爱过她吗？这才是真正的问题。”

“不，这是帕特里克·肯尼迪在逃避问题。”

“‘爱’是个很古怪的字。它可能意味着很多东西，从强烈的偏好到疯狂的嫉妒。不管我对前妻有什么感觉，不管那是不是爱，都迷失在日常生活中了。”

“真希望能有人把你从你住的那座高塔里赶出来，”米拉打趣道，开玩笑似的把欧芹往他脑袋上扔，“那座塔里一丝感觉都没有！”

“但我不喜欢我这里的感觉。”他捶了捶胸口。他对“感觉”这个领域还很陌生，还是不愿跟别人谈论自己的感受，尤其是在公共场合。“对，我还爱她，但这有什么关系呢？如果我让自己去体会，那种感觉就会把我撕成两半，这对谁都没好处。”

“那你打算怎么办？就这么一直想着，直到那些感觉消失？你这么做对你的来访者有什么好处？”

“至少我能保持客观，等时间慢慢缓解痛苦。如果我被痛苦团团包裹，又怎么能去帮助我的来访者？他们遇到危机的时候，需要我冷静的头脑。”

“他们需要有人陪在他们身边，帕特……从你躲着的那座高塔冲他们大喊，这算哪门子咨询？”

“谁躲着？我可没躲。我只是不懂——”

“你的意思是，你不想懂。谁都能教人逃避痛苦——我们的社会文化多年来一直在这样做。可是，帕特里克，你能给大家更多，你能帮助他们找回自己的感受。”

“这不是我说的‘帮助’，米拉。不知道你有没有发现，这些感受让人痛苦。你提起‘达琳’这两个字时，我觉得就像被捅了一刀。”

“那你为什么不告诉我？”

“我也不知道，”他耸了耸肩，“也许是因为这才是我们的第三次约会。我原本计划下周三在马里奥比萨店开第一次精神分析大会的。”

“别跟我油嘴滑舌！”米拉厉声说。

“嘿，别生气。我只是——”

“我真生气了！你昨晚告诉我，你真的很在乎我，想跟我在一起。好吧，那就跟我在一起啊！”

“我是跟你在一起啊，”他不自觉地意识到，店里其他客人都在偷偷打量他俩，“只是……该死，米拉，以前从来没人要我这样。至少，没有哪个女朋友是这样。”他补了一句，不禁想起了加思，“以前的每段亲密关系中，我都在努力弄清楚对方到底想要什么，在她们厌倦等待之前交给她们。航空管制员的压力都不如我大，我像个疯子一样跑来跑去，努力交给她们我觉得她们想要的东西，但她们最终都会对我失望。这么做永远都不够。”他为暴露了自己脆弱的一面而自惭形秽。

“你觉得自己很窝囊，对吗？”米拉轻声问道。

“你从哪儿找到的线索？”

“别这样，”米拉真心诚意地恳求，“别装作幽默把我推开。别装男子汉了，这不适合你，也不适合任何人。”

“对不起，”他回答，“我不想让你有包袱。”

“别说‘对不起’。我现在感觉到你跟我在一起了。”

“你为啥想要这些破玩意儿？想象一下，每次我们在一起，我都哭哭啼啼，抱怨自己是个窝囊废。谁会想要那个？”

“你真觉得自己是个窝囊废，是吗？”

“没有，可是——”

“你有。你觉得自己最棒的地方是头脑，脖子以下的地方都丑得无药可救，或者只会浪费时间。说实话，在我看来，你刚才展示给我的感受，要比你脑子里其他东西更吸引我。我不想做第一个告诉你的人，但我很确定，大多数女人都有跟我一样的感受。”

“你们喜欢把所有男人都看成窝囊废。”帕特里克故作幽默，但米拉没上钩。

“我喜欢把男人看成男人：凭借敏感和勇气，直面自己的脆弱和幼稚。我当然不想看你总是哭哭啼啼，抱怨自己有多糟糕。没有哪个女人想看这个。但表达自己的感受，而不是小题大做，要我来抚慰你受伤的自尊——这才需要真正的勇气。就算掉几滴眼泪又怎么样？”

帕特里克脑海中突然冒出了加思说的“男人宁可跟灰熊干上一架，也不肯面对自己的感受”。

“我也说不好，米拉。我真的不知道我做不做得到。有时候，我什么也感觉不到。说到感受自己的情绪，我就像个机器人似的。你也许会觉得这是借口，但我在一个很糟糕的地方长大。我老爹会把工资全买酒喝掉，然后周六晚上揍我们找乐子。我们不能表现得脆弱或者软弱，妈妈告诉我们，这会惹他生气。周围的邻居更糟糕。我每次走出家门，都怕会被黑帮成员突然从背后袭击。表现出任何感受都是自找麻烦：如果黑帮成员看见你多愁善感，就会觉得你是个娘娘腔，然后把你做掉。只有放聪明点儿才能活下去！还有姑娘们！她们都想找个强壮、狂傲的男子汉，随时准备为她们开战。”他心不在焉地揉了揉额头上的伤疤——那天晚上到底是谁在台球厅给他留下的这道疤，他时至今日还想不起来。

“最重要的是，在内心深处的某个地方，我相信自己是所有失败的根源。我觉得自己身上有某种阴暗、糟糕的东西，只会带来麻烦和绝望。我不知道我能不能改变这个。”

“我不想让你改变，帕特。我希望你做自己——完完全全的自己。我不光想看到你最好的一面，或者是你觉得自己最好的一面。如果你只显示一面，很快我就会腻了。我想跟你一起去感受，一起走近阴暗面，看它是不是真像我们想的那么糟。”

“我真的不知道，米拉。”帕特里克摇了摇头，低头盯着桌面，“我觉得我会让你失望的，就像我让其他人失望一样。我实在忍受不了那种感觉了。”

“现在，你是陷进自怨自艾了。”米拉告诫他，“要是我们让彼此失望的话，我们可以一起去感受失望，看它会不会害死我们。得了吧，你想永远活在恐惧中吗？我可不想。”她开玩笑似的给了他肩膀一拳，“你怎么说？你愿意赤身裸体，跟我坦诚相对吗？”

帕特里克抬起头，迎上她戏谑的目光。米拉的直白、开明让他心中充满了感激和渴望。他真的得到了第二次机会，可以换种方式过日子吗？他内心那么丑恶，有那么多伤痛，她真会陪他一起面对？他会陪她面对她的丑恶和伤痛吗？他真能跟人坦诚相对，谈论这些东西吗？

“为什么不呢？”他耸了耸肩，“就从你家开始吧。”

“开始干吗？”

“赤身裸体，坦诚相对呀！”他在她付账时答道。

“你追我纯粹是为了上床。”她微笑着叱道。

“噢，不，”他反驳道，“我还想要你的钱呢！”

为自己的选择负责

那天晚上以后，事情进展得无比顺利。结果，足足又过了一周，帕特里克才想起加思·泽维尔。即便是这样，如果不是预付了学费的话，他也不确定自己还会不会回去。

“哦，你会回来的，”老师向他保证，“你注定要成为远见卓识之人。”

他们不再窝在小书房里上课了。现在，班上还有另外十几个人。大家围坐成半圈，加思坐在他们面前。除了挂着白纸的画架和一张摆着水杯的小桌，屋里空荡荡的，但相当温暖。

“你有远见卓识之人的渴望，因为你一旦进入这个世界，就注定要忘记你是谁。你内心深处有个地方渴求真理。尽管我们都努力解渴，但没有任何东西能做到。帕特里克，外界能为你提供的任何东西都满足不了你——无论是财富、成就，还是浪漫的恋情。真理不会阻止你试图从幻觉中寻找满足，它只知道，除了你真正的宿命，没有什么能让你满足。”

“为什么我从来都没感觉到？”一个叫亨利的学员发问。

“每个人都会感到渴望，亨利，他们只是不知道那是什么。他们将它误以为是野心、欲求、浪漫欲望或其他身体、心理或情感上的需求。你生活中的一大障碍就是对这种渴望的解读，但正是这种渴望最终把你带到了这里。”

帕特里克沾沾自喜地回想起，他从很小的时候就意识到了对真理的渴望。

“此外，还有像帕特里克这样的人，”老师继续说道，让他摆脱了遐想，“帕特里克总在寻找某种激动人心的奇观……就像某种法术。声称走在修行之道上的人常常会犯这个错，他们试图用奇迹来衡量自己的进步，比如水上行走、改变天气，还有类似的异象。”

“这有什么问题吗？”一位女士问道，“我在书上读到过，印度的僧侣一直在做这些事——他们会花一辈子修行。”

“法术没有错，但这不是修行，也没啥大不了的。”

“您会施法术吗？”两个女学员异口同声地问道。说完，她们对视了一下，不好意思地笑了。

“我这人也有过辉煌的时刻。”老师故作神秘地回答道，“瞧，这些玩意儿真没什么大不了的。在正确的指导下，随便玩玩也没什么，但它们只不过是比较罕见的异象罢了。它们属于现实世界，所以说不是真理。”

“那我们来这里到底是学什么的？”坐在亨利旁边的一个学员抱怨起来，“我还以为，远见卓识的修行者能把时空和自然元素玩弄于股掌之中……比如能掌控天气什么的。我们能从你这里学到什么呢？”

“帕特尔先生，你为什么想掌控天气？”

“我也不知道。只不过，你懂的……这样我就能知道我有多厉害了。我第一次见你的时候，你就告诉我，我没有发挥出真正的实力。所以，我以为你会向我展示类似的东西呢。”

“好吧，”老师从座位上站起来，走向门口，“我们出去吧。”

屋里的气氛发生了微妙的变化，许多学员都在交换眼神，像是在说：“终于能看点儿真玩意儿了！”帕特里克有点儿紧张，随大溜跟着老师走到后院的露台上。放眼望去，冰冷的秋雨飘落在宽阔的草坪上。“现在，拉杰什，你想让我教你怎么让雨停下吗？”老师问那个年轻人。

“当然了！”拉杰什激动不已。

“好的。那你准备好承担这么做的报应了吗？”

“呃，这话什么意思？”

“你不可能只改变一样东西，而不影响其他东西。你必须愿意为自己的选择负责。”

“呃，比如呢……会发生什么事？”拉杰什结巴了。

“谁知道呢？”

“我想，也许我们可以……你懂的……只改变院子里的天气，有个一两分钟就行。”

“对呀，”帕特里克开开心心地插话，“再挂上一两条可爱的小彩虹怎么样？”旁边的几个学员礼貌地笑了笑。

“当然可以啦，”加思点点头，“只要你愿意接受报应，我会教你怎么做。你需要意识到，眼前的一切都与宇宙万物紧密相连。你做的每个决定都会影响整体。只要是你想做的事，统统都能做得到，前提是你愿意接受后果。你在生活中不断做出选择，其中大多数都是你多年来每天都在做的潜意识选择——看看结果吧，你会怎么评价它们呢？”

“糟透了！”之前就异口同声过的玛丽埃塔和丽奈特齐声说。她们再次惊讶地看着对方，不禁哈哈大笑起来。

“所以，在选择用硬件之前，先掌握软件好吗？”全班人都觉得这是个好主意，纷纷走回了屋里。

帕特里克和彼得回屋之前，忍不住转身瞄了一眼院子。帕特里克被眼前的景象惊得目瞪口呆：厚厚的乌云裂开了一条小缝，中间有两道小小的彩虹。两个人惊讶地互看了一眼，但当他们再定睛看时，云层已经完全合拢了。帕特里克不禁怀疑自己是不是看走眼了。

加思突然出现在他们身后。“人们为了证明这些东西存在，错失了很多美好的体验，”他轻声说，“别担心，我会教你们怎么做的……有朝一日吧。”

帕特里克咽了一口唾沫，鼓起勇气说出了自己的担忧：

“我们会有什么报应？”

“你说‘我们’是啥意思？我可没说要彩虹啊。”彼得提醒他。

“这个报应算我的。”老师表示，伸手搂住了帕特里克的肩膀。

“谢谢。”年轻的帕特里克谦卑地表示。

“不然要朋友干吗？”

此时此刻，时间似乎停止了。帕特里克和老师在长长的走廊里停下脚步，面对面站着。帕特里克满脑子都是老师无限深邃的双眸：“你真是我的朋友吗？”

“我是你真正的朋友，帕特里克。此时此刻，我向你保证。如果你需要我，不管你在哪里，只要呼唤我，我都会赶到你身边。”

“噢，”彼得笑着插话，“真是太棒了！”

“我真的很想信你，加思，”帕特里克无比激动，“我需要相信，但我很害怕。”

“别担心，”加思安慰他说，“你在上苍有朋友，他们想让你回去。这一点我能保证。”

跟随老师回屋的路上，帕特里克真搞不清自己是不是在做梦。他胸口涌动着一种舒心感，让他不禁回想起了那个晚上——那天晚上，他深深感觉到自己被爱着。他好想问问加思，当时他听到的到底是不是加思的声音。可现在还不是时候，就目前来说，只要能感觉到这位伟人的爱，能看到他给予别人同样的爱，就足够了。

帕特里克都不知道竟然有人能拥有这么多爱。他曾经站在许多老师面前，那些老师看起来像是智慧、力量、聪颖与美的化身，但这是他第一次感觉到自己被爱包裹着。

突然，有人把手搁在他的肩头，打断了他的思绪。他转过身，与彼得四目相对。彼得一脸严肃地看着他。“我很担心你，兄弟，真的很担心。”他的口气没有一丝开玩笑的意味。

两个人整个早上和半个下午都在学习如何企及加思向他们展示的爱。有时是通过加思的言传身教，有时是通过老师所谓的“私人过程”。加思运用各种沟通技巧深入他们的潜意识，帮他们发掘痛苦信念的深藏之处。意识到那个信念的核心是旧日创伤后，接下来就看个人选择了：是选择宽恕，还是选择攥住痛苦不放。

在帕特里克看来，加思所用手段的好处在于，加思用不着跟他直接接触，效果也能相当显著。不管是全身心地沉浸在别人讲述的故事里，还是在加思向别人提问时陷入思考，帕特里克都获得了深切的感受——既有痛苦的，也有治愈的。他惊讶地发现，竟然有那么多有害的选择困扰着自己，而重新选择另一种信念又是那么困难——他如此确信已经发生过的事是无法改变的。

他观察其他人是怎么回答加思的提问的，好想知道他们是怎么看待这个极富魅力的男人的。从大家全神贯注的模样不难看出他们敬重加思，但帕特里克觉得，他在某些学员的眼神中看到了其他东西。有些人似乎对加思说的每句话、做的每件事都敬畏不已，有些人则是加思一对他们说话就心惊胆战，甚至老师一个眼神扫过，就会有几个人泪流满面。课间休息的时候，老师会暂时离开，帕特里克决定到时候跟大家提提这件事。

判断力

全班十三名学员都在加思家后院的凉亭下，围坐在木头圆桌旁，品尝咖啡和老师家自制的美味饼干。绵绵细雨仍在飘洒。帕特里克忍不住问：“说真的，加思·泽维尔到底是什么人啊？”

“我觉得他棒极了，”一名叫薇薇安的学员说，“他是个真正的圣人。”

“没错，他是很疯狂。”彼得先点了点头，然后又摇了摇头，“但我不确定他是圣人，我只看到了一个普通人。”

“普通？”帕特里克难以置信地脱口而出，“那个人一点儿也不普通！”

“那你觉得呢？难道他是某个特别的人？”

“这还不明显吗？”

“除非你脑子短路了。”

“我觉得他是个特别善良、睿智、和蔼的人，想帮世人脱离苦海。”另一名学员贝弗莉忍不住插嘴。

“我听说他以前在加州做过上师。”薇薇安补了一句。

“我觉得他是耶稣。”亨利斩钉截铁地说。大伙儿突然全陷入了沉默。

“耶稣说他会重返人间的，不是吗？加思跟我读到的耶稣基督一点儿都不差。”

“你最好躺下歇歇吧，汉克。”最后是彼得打破了沉默，“你带午睡用的宝宝毯了没？”

“他很有可能是耶稣！”玛丽埃塔插话，“瞧瞧那个男人：他那么纯粹，充满爱和宽恕，显然沐浴着神的恩典。”

“嘿，别跑题了，”玛丽埃塔的同伴丽奈特提醒大家，“我也觉得加思是个很棒的人，但要是你们把他捧得那么高，他就变得遥不可及了。”

“没错，他们大概也是这么对耶稣基督的！”彼得附和道，“就目前来看，耶稣可能只是个普通人，你们说是吧？他跟土匪打交道，还泡妞——”

“彼得！”薇薇安简直震惊了。

“抱歉，应该说‘找女人’。”

“我才不是这个意思呢，你不能这么说耶稣。这简直是……大不敬。”

“嘿，耶稣才不介意呢，”彼得说，“前提是他真的存在……”

“什么？！”四五个学员震惊得大喊起来。

“嘿，我们在聊加思，还记得不？”帕特里克紧张地开了口。在他看来，大家触及了一个危险的话题。虽然他不经常参加宗教活动，但也知道把加思和耶稣等同起来不是个好主意，“我只想知道你们对他的看法。你们觉得他是什么人？”

“这又有什么关系呢？”贝弗利问。

“别管肯尼迪了，”彼得咯咯直笑，“他只是想知道他有没有模仿对人。”

贝弗利微微一笑，接着往下说：“他是个有爱心的男人，为你提供了追随本心的机会，让你能宽恕过去从没想过能宽恕的人，更充分地享受人生。他是什么人又有什么关系呢？”

“邪教教主吉姆·琼斯也能提供同样的东西，”丽奈特提醒大家，“你们可得小心，别只因为某人说起话来像个圣人，就把自己的判断力全丢了。”

“你说什么呢？加思怎么可能是歪门邪道？”拉杰什提出质疑，“他讲的都是真理、爱、宽恕……这些怎么可能会邪恶？”

“就连魔鬼也会引用《圣经》上的话。”丽奈特立刻反击。

“瞎扯！你的氧气还够不，脑子还清醒不，女士？”彼得嘟囔起来。他比平常还要惹人厌，这说明有东西让他觉得紧张了。帕特里克怀疑，彼得可能很喜欢加思，只是不愿承认。

“彼得，我不觉得你这话搞笑！帕特里克问我们有什么看法，我就说了我的看法。我不跟别人一样唯唯诺诺，并不代表……”

“你们好了吗？准备上课了。”加思站在露台呼唤大家。大家都转头望向老师，脑海中充满了未解之谜。走回教室时，帕特里克远远地落在大部队后头。似乎每次他觉得离加思更近一步，新一波不确定的浪潮就会拍过来。他被欲望——不，是需求——撕扯着，想被老师接纳、被他所爱，又担心自己的信任如果被辜负，自己会永远无法恢复。他突然痛苦地意识到，自己在亲密关系中也有同样的体验。

跟达琳在一起的时候，他一直希望她能走近自己，同时又在等她拒绝自己。达琳一直被他视为威胁或潜在的敌人，她怎么能忍那么久？“我很抱歉，”沿着走廊往前走时，他不禁在心中默默对达琳说，“我没打算像那样伤害你——请原谅我。”他默默发誓，决不让这种强迫性的不信任介入他和米拉之间。米拉不应被这么对待，不该默默付出爱却碰上讨厌的偏执狂。如果他不得不冒险信任米拉，他会努力做到的。这是米拉应得的。

帕特里克在座位上坐下，觉得浑身轻松了不少，对泽维尔先生的质疑也消失了。为了自己着想，他会信任老师，通过这个人的天赋来认识他。

婴儿期的痛苦

“你没抓住要领，帕特里克。你一直紧紧抓住痛苦不放，是因为你觉得自己被人推开了。坚持是一种报复。”

“这个我没法改变，”帕特里克说，“我确实是被人推开了，这件事已经发生了。光是想象改变那个画面，并不会改变事实。”

“唉，又来了。”彼得叹了口气。

“你确定事情的经过是你想象的那样吗？”亨利问。

“就我所知，是的——反正感觉是的。我只是把对父母和其他家人的记忆放进了你让我编的场景里。所以，我看到一个小宝宝孤零零地躺在摇篮里。我在哇哇大哭，妈妈走进来，试着喂我吃东西。喂吃的没用，她就给我换尿片，抱我走来走去，哼歌给我听。过了一会儿，她烦了，就转身离开了。我很害怕，哭得更大声了。她走回来，当着我的面狠狠地摔上了门。她这辈子都是这么做的。当我需要她的时候，她当着我的面狠狠地摔上了门。我改变不了这个。她这么做伤了我的心——我也改变不了这个。”

“好吧，那我们来玩个小游戏，”老师提议，“再回过头去看看你两岁时的那个场景——你有什么感觉？”

“我猜我很害怕。”

“是吗？”

“大概吧，毕竟我只是个孩子。”

“认真看，”加思催促道，“继续看着那个孩子，告诉我他此时此刻的感受。”

帕特里克立刻照办。现在，他当着其他人的面不再觉得不自在了，所以照老师的指示办事也不那么难了。班上的所有人，包括彼得在内，都在某种程度上袒露了自己的灵魂，对内心的挖掘也比以前更深了。

“哦！他不是害怕——他是在生气！”帕特里克突然说。

“他生气是因为？”

“他不只是生气，加思。那个两岁孩子气得想杀人！”

“是因为……”

“因为妈妈抛弃了我。”

“我觉得，她转身离开之前，你就已经在发火了。”老师评论道。

“没错。”帕特里克承认。他仍然紧闭双眼，盯着那个场景。那个孩子的怒火——他自己的怒火让他惊讶不已。

“你最开始生气是因为……”

“我生她的气，因为她把我带到了人世。”帕特里克脱口而出，感觉对妈妈的怒火涌进了三十岁的躯体。

“所以，你决定……”

“我要让她付出代价。但这根本说不通啊！小孩怎么会那么恨一个人？他们还那么天真无邪。”

“也许你就是在这个时候丢掉了天真，变成了受害者。”加思提出。

“但我确实是受害者啊，我被人抛弃了。”怒火在他体内熊熊燃烧，他对屋里的每个人都抱有深切的恨意。

“她走了，结果呢？”

“我简直要气疯了。她真是个坏女人，竟然那样抛下我。”

“你妈妈当时有什么感觉？”

“什么感觉也没有，”帕特里克断然表示，“有感觉的人怎么会抛下哭成那样的小孩？”他突然想起，他自己也不止一次这样对待女儿玛雅。

“什么感觉也没有？深入一点儿，再好好看看。”加思催促道。

“事实上，她感觉糟透了。”帕特里克承认，“她躲在她房间里哭。”

“是什么把她惹哭的？是什么样的感觉？”

“愧疚。她觉得自己是个糟糕的妈妈。她帮不了我，所以感觉糟透了。”

“那么，是她离开了你，还是你用愤怒把她赶走的？”

“是我把她赶走的，”帕特里克承认，胸口涌动着深深的悲伤，“我为她把我带到这个糟糕的世界冲她发火，我一点儿也不想来这个世界！”

“听起来真像个受害者。”彼得模仿老师的口气打趣道。有几个学员嘿嘿笑了起来。

加思继续说道：“所以说，你报复你妈妈，是为了让她觉得自己是个糟糕的妈妈。干得不错啊！”

“但这伤我伤得更深！”帕特里克一口咬定。

“当然会，”加思温和地说道，“报复是会这么做。”

“但就算明白了这个，我心里还是有障碍，就是不想原谅她。她应该知道不该那么做的！”

“她当时有什么感觉，让她最后还是那么做了？”

“什么？我没明白。”

“看着她在她房间里大哭。在愧疚的外壳之下，她心里在想什么？”

帕特里克全神贯注。“她觉得很无助。”最后，他回答说。

“你这辈子有没有觉得无助过？”加思问。

“当然，肯定有啊。”

“你还记得跟你妈妈有同样感受的时候吗？”

“我记得有一天晚上，玛雅怎么也睡不着，”帕特里克脱口而出，“她那时大概六个月，我猜她有点儿疝气吧。我一个人陪着她，想尽办法都不管用。我觉得特别无助，火得不行，好想把她从窗口扔出去。”

“你现在能体会这种感觉吗？我是说无助。”

“能，一点点吧。”

“你能理解你妈妈的感受吗？”

“能。”帕特里克低声说。

“你能体谅她当时的感受，停止惩罚她吗？帕特里克，她跟你一模一样——失落又无助，没人能帮忙。你能看到她当时的处境，然后原谅她吗？”

妈妈，您总是尽力而为，

妈妈，您从不停下休息，

您拥有什么样的爱

才能成天陪伴我们？
妈妈……

帕特里克没有睁开眼睛，但能听见那悠扬、孤寂的女声，伴随吉他的旋律，从房间角落里的音响传来。这让他不禁回想起了他妈妈总是边做家务边哼歌。

妈妈，我从来都无法理解
妈妈，我大概永远都做不到
您会爱我爱到生命尽头，
而且从不指望我说声
“谢谢”
谢谢您，妈妈
……

选择宽恕，而非报复

他再也无法承受了。美妙的歌声与歌词让他意识到，他渴望去爱自己的妈妈。心头竖起的高墙开始崩溃，忍了多年的泪水顿时决堤。一个形象映入了他的眼帘：一个脆弱的女人，陷入了她还没准备好面对的人生。他看透了她的内心，体会到了她的失望——她无法做得更好，还有负罪感。作为母亲，她辜负了自己的儿子。突然之间，帕特里克意识到，他一直在批判自己：作为儿子，他辜负了自己的母亲，没有陪她度过临终时刻。弥留之际，她呼唤过我吗？她是不是也觉得我当着她的面摔上了门？

他的怒火冲破悲伤的外壳，爆发了出来。让他愤怒的是生活本身，生活对他的家人如此不公。加思肯定从他的脸上（或是内心）看出来了，催促他继续前进。

“别停下，继续呀。”加思说。帕特里克试着这么做，但愤怒使他无法忍受。纯粹的恨意在他的血管中奔涌，让他身体紧绷。他能尝出口中苦涩的滋味，想像疯狂的野兽一样长嚎。怒火在他周遭盘旋，可是无处发泄。

“继续呀，帕特里克，”加思的声音穿透了喧嚣，“现在可不是停下来野餐的时候。”

帕特里克突然哀号起来，他从来没听过自己嗓子里发出这样的声音。随后，他隐约记得自己拼命捶打地板，好几双手竭力按住他，有人大声提醒他别伤着自己。这个警告似乎荒谬透顶——什么样的肉体疼痛能比得上他内心的痛苦？透过尖叫和捶打的迷雾，他意识到有人在低声祈祷。他发现，那是自己内心的声音在求助。

怒火顿时烟消云散，取而代之的是他在婴儿体内感受到的全然无助。他现在身体僵硬，完全动弹不得。他睁开眼睛，望向俯身看着自己的一张张面孔。他们看起来有些模糊。他勉强辨认出了彼得，但其实并不知道他是谁。其他人在他眼中都是彻底的陌生人。他并不害怕，但也没有觉得平静。他只意识到，自己目前的状态——被困在一具几乎无法动弹的躯体里——什么也做不了。他差点儿就又火冒三丈了，但一个抚慰人心的声音（他实在分不清是从自己体内发出的，还是从外界传来的）阻止了他。他理解不了它说的话，但明白它的意图。随后，一切都消失了。

或者说，一切都出现了。仿佛他周遭的肉体都是戏服，戏服飘落后露出了无形的能量。接着，戏服又出现了……然后又消失了。他能看见两个截然迥异的世界。第一个世界里，每个人都是纯粹的发光体。当他看着那些闪闪发光的存在时，能感觉到他们是彼此联系的，相互之间没有任何界限，一个人的光会向另一个人流动。接着，他把意识转向“另一边”，看见了一具具肉体。没有任何迹象表明他们之间存在任何联系，那些人形似乎在散发痛苦的能量。他把注意力转向他们时，自己也觉得痛苦万分。而把注意力转向另一个世界时，他感到无比宁静、祥和。

“总有一天，我会明白到底发生了什么。”

彼得的声音把他拽回了现实，或者至少是他多年来一直认为的“现实”。身边的人纷纷伸手把他拉起来，他跌跌撞撞地走回座位，感觉自己像个破布娃娃。

“欢迎回来。”加思戏谑的眼神让帕特里克意识到，老师很清楚他刚刚经历了什么。

“谢谢，”帕特里克说，“谢谢大家。”然后，他转身问加思，“刚才到底发生了什么事？”

“从你的样子来看，我会说你直面了自己的痛苦，选择了宽恕，而不是报复。还是你来告诉我们刚才到底发生了什么事吧。”

帕特里克竭尽全力解释自己的经历，但就在他努力描述另一个世界时，他当时体会到的宁静与爱意已经渐渐模糊——他甚至怀疑那是不是真的存在过。帕特里克说完后，加思走到画架前，在整张白纸上只写了六个大字：

只有一个问题。

加思停下来，扫视了一遍全体学员，然后翻过这张纸，在新的一张白纸上写下：

这个问题就是分裂。

他又翻过一页，终于写完了要写的话：

其他所有问题都源于此。

“帕特里克，你发现的东西，就是解决你所有问题的答案。不管你挖得有多深，只要你能看见世界的本来面目，就不会有任何问题。你选择感知到分裂，这正是你不快乐的根源。保持分裂是很痛苦的，所以你必须把伤痛深深埋藏，用愤怒或否认来压抑它。”他又翻过一页，开始写道：

愤怒　否认

指责　分裂

批评　“积极”的压抑

评判　逻辑

报复　合理化

“愤怒和否认是拒绝、掩饰痛苦的好方法，但拒绝痛苦就是拒绝自己。”他看着全班的学员，“帕特里克之所以会有这种经历，是因为他停止指责妈妈，直面自己内心深藏已久的伤痛。他愿意体会痛苦，这就让他跳出了潜意识，进入了更深刻、更强大的思维领域。我还是第一次看到刚学第一法则的人挖得这么深。干得好，帕特里克。”

“他是我朋友！”彼得骄傲地大声宣布，“远见卓识的探险家！”

“所有的痛苦都是幻象，源于你认为自己是分裂的、不完整的。”加思接着说道。

归属感的需求

“你说‘幻象’是什么意思？”丽奈特问，“痛苦对我来说很真实啊。帕特里克似乎也很相信这个——从他难受得满地打滚的样子就能看出来。”

“只有爱是真实的。”加思解释道，“别误会我的意思，我在人生中历经苦难，但经验告诉我，宽恕更伟大。爱、同情、真理、开悟……它们能治愈一切伤痛。只要你想要爱，而不是伤害，就能让痛苦的能量与爱形成共鸣。你会找回自己的一部分，不再那么坚信分裂。你会理解历代大师一直试图告诉我们的东西：我不仅仅是这具肉体。”

“但我怎么才能留在那里？”帕特里克问。

“想要就行。”老师的回答很简单。

“我确实想要，但某些东西把我拽了回来。”

“哦？那是什么呢？”加思问。

帕特里克想了一会儿：“彼得的声音。”

“嘿，别什么都怪我行不，伙计？！我的负罪感已经够多了。”

“我不是怪你，我只是说，你声音里的某些东西把我叫了回来。”

“这就是所谓的‘愚忠’。”加思告诉他们。

“什么——因为忠于彼得，所以我放弃了……自己的幸福？”

“差不多吧，”老师点点头，“忠诚源于对归属感的需求——这是人类最强大、最原始的需求。从这种对包容的需求出发，我们构建了被称为‘特殊关系’的人造关系。我们的忠诚是一种相互保持联系的契约，这样就不用面对自己的无足轻重，或是对孤身一人的恐惧了。我们会做出妥协或牺牲，甚至扮演某些角色，以便在‘特殊关系’中始终被人接纳。从彼得的声音里，你听到了自己对家人、朋友、社会等的忠诚，还有你内心的恐惧。你害怕失去这种包容感，害怕远离和谐一致的感觉。”

“这简直是疯了！”帕特里克脱口而出。

“没错，但你还不是一直在这么做？”

“我可不相信——谁会想放弃愚蠢的友谊！”帕特里克一口咬定。

“我觉得他在讽刺我耶，”彼得对坐在他左边的女人说，“他刚刚是在讽刺我吗？我觉得是。”

“好吧，那就看结果吧，”加思耸了耸肩，“结果等于意图。”

“你怎么知道的？”帕特里克表示不服，“你说一切都是我们的选择，我之所以会遇到问题和痛苦，是因为我选择了它们，甚至是因为我想要它们。但据我所知，这可能只是你编出来的理论……你又是怎么知道的？”

“你先告诉我，”老师提出，“你现在为什么这么大火气？”

“我也不知道。”帕特里克的双肩耷拉了下来，这场论战害得他筋疲力尽，“我觉得我又被赶出来了。”

“又？”

“我只是一不留神说出来了。我真的很想留在那里，但你又说是我决定离开的。我觉得不是这样——是某个人或某样东西为我做的决定。不管是怎么回事，我都赢不了，也回不去——不管‘那里’到底是哪里。”

“我们先来讨论第一个假设：你被赶出来了。你觉得是谁干的？”

“我也不知道……我猜是神吧，不管这到底是啥意思。”

“神对你来说意味着什么？”

“你懂的……就是神嘛。无所不知，无所不在，无所不能……嗯……无穷能量，无限力量，或是别的什么。”

“为什么这样的存在会把你赶出来？”

“你说呢？也许他疯了，或者他太残忍。也许我做错了什么，他生我的气了。”

“你是说，这个强大的存在会因为你做错了事而惩罚你？告诉我，帕特里克，神到底是仁慈的，还是暴虐的，或是别的什么？还是说，他是善变的？”

“呃，如果他真是神的话，肯定是仁慈的。也可能是女字旁的她。”帕特里克迅速补了一句。

“你的神是随时随地爱世人，还是只在某些时候才爱世人？”

“显然是随时随地啊。”

“那么，一个随时随地爱世人的神，又怎么会把你赶出来？”

“就像我刚才说的，也许我做错了什么，他是在惩罚我。”

“你怎么可能犯那么大的错，竟然会影响神完美无缺的爱？”

“也许他惩罚我是为了我好——”

“啊！”加思打断了他，“现在，你在为神辩护了。”

“才没呢。我只是说，也许他是出于爱而惩罚。我不是说他这么做是对的，只是说可能是这样。”

“为什么某个完美的存在会用分裂来惩罚你？完美不赞成分裂，完美不会改变。你到底能犯多大的错，就连完美的爱也没法补救？完美的爱有什么是做不到的？”

“也许神并不完美！”帕特里克绝望地反驳。

“无条件、无止境的爱怎么可能是不完美的？如果不完美，它就不是爱。如果神不是随时随地爱世人，他就不是神。无论你犯了什么错，他不都能立刻宽恕你吗？”

“那为什么我不能留在那个美好的地方？如果我得到了宽恕，那问题到底在哪里？”

“真有意思，我还想问你呢！”

“问题是，我没觉得我得到宽恕了。”帕特里克一脸沮丧地解释道。

“为什么没有？如果那纯粹而完美的爱已经宽恕了你，给你回家开了绿灯，你为什么还不让自己感觉到呢？”

“因为我做不到！”帕特里克大喊起来。

“是做不到，还是不想做？你刚刚就在那里，为什么不留下来呢？”

“我说过了——他们不让我留下。”

“噢，现在又变成‘他们’了。”加思打趣道。

“我也不知道我为什么会这么说。”帕特里克承认。

“我们来做个小游戏吧，用‘我不想’替换‘我不能’。”加思提议，“我知道，我知道……”他举起双手，请帕特里克别太激动，“我知道你其实想做什么，但就当哄我开心吧，试试看，好吗？来嘛，帕特，你不是很爱玩游戏的嘛！补完下面这句话：假如我知道我为什么不想留在光明之中，那是因为……”

“因为我还在生它的气？”帕特里克猜测。

“我还在生它的气，是因为？”

“因为它把我赶出来了。”

“我还以为我们已经说过这个了呢，”加思揉了揉下巴，“完美的爱不会拒绝别人。”

“好吧，好吧。”帕特里克说，开始享受这个过程，加思那家伙说得没错——他确实很爱玩游戏，“所以说，我搞砸了某件事，神立刻宽恕了我。只是我觉得他没有，所以我就……离开了？”

“棒极了！所以说，你离开是因为你没感觉得到了宽恕。就像大多数有负罪感的人那样，你怪神把你赶出去了。”

隔阂源自你的意念

“等等——最后那句我没明白。”彼得打断了他。

“负罪感就像酸液，会啃噬我们的内心，”加思解释道，“当我们还没准备好宽恕的时候，另一个选项就会把自己的负罪感归咎于别人——把自己做的事怪到别人头上。帕特里克为自己做的事感到愧疚，尽管纯粹的爱立刻宽恕了他——”

“我不肯原谅自己！”帕特里克帮他补完了后半句，“我离开了那里，这让我感觉糟透了。所以，我说那完全是神的错，这样我才能好受点儿。”

“你觉得这听起来怎么样？”老师问，“能说得通吗？”

“还是说不通，”帕特里克坦白，“不过，这听起来很像我会做的事。”

“可是，做什么事能惹出这么大麻烦来？”彼得好奇地发问。

“那么，彼得，我们先假设找到归宿的关键要素是快乐，好吗？”

“我们怎么知道真是这样？”

“从人的基本动力出发，对快乐的渴望驱动着我们每个人——你同意这个说法吗？”

“呃，我也不知道是不是每个人都这样，”彼得说，“但我知道这是促使我前进的动力。”

“让你觉得不快乐的有哪些？”

“很多东西，”彼得答道，“没人跟我上床、没钱、没朋友……”

“没错，没错，”加思和蔼地打断了他，“但所有这些的根源是什么？不快乐的根源是什么？关键要素是什么？如果没有它，再多的性爱、毒品和金钱都满足不了你。”

“找不到归宿？”亨利猜测。

“不可能，这也太简单了吧？”彼得不屑地一撇嘴。

“说到点子上了，亨利。”加思说。

“嘿，不错嘛，亨利！”彼得马上大加称赞，态度转了一百八十度。

老师接着往下说：

“所以，我们说找到了归宿就意味着快乐。那么，不快乐就意味着找不到归宿。所以说，找不到归宿就代表……”

“分裂？”

“我们从哪里能找到分裂的根源？”

“我们的脑子里？”亨利犹豫不决地说。

“我们的脑子里！”彼得大声重复了一遍，就像是他头一个想到的。

“所以，你犯的错就是……”

“我们想到了分裂。”丽奈特插话。

“对！你想到你可能会以某种方式离开家——或者离开神，具体取决于你看问题的角度。然后，你就会出现分裂的幻觉，仿佛那是真实的。”

“你说‘你’的时候，是指我吗？”帕特里克问。

“不，我是指‘我们’。”加思答道。

“所以，你是指你喽？”帕特里克打趣道。

“不，”加思直言不讳，“我是指你。我们其他人都是你选择相信分裂的产物。如果你没有分裂的念头，又怎么能看到独立的个体呢？”

“话是这么说没错，可这里的每个人都看到了个体或个人啊。”帕特里克辩解道。

“纯粹是因为你在这么做。”加思微笑着反驳，“还记得我在第一堂课上说的吗？远见卓识之人知道自己要为生活中发生的一切负责，因为所有外物都是对内心过程的反映，这个过程是由图像、感受和念头组成的。如果你坚持分裂的念头，内心的图像和感受也会有相应的反应。毕竟，那些是你向外投射的。简单来说，你想到分裂，就会看到分裂。”

“也就是说，一切都发生在我脑子里？”帕特里克疑惑地问，他朝周围挥了挥手，然后指了指自己的脑袋，“这整间屋子都在我脑子里？”

“不，就连你的身体也是投射出来的。从某种意义上说，你的思维不在你的身体里。应该说，你的身体存在于你的脑海里。帕特里克，还记得你告诉过我们你身上发生的事吗？当你脑子里想到统一的时候，你看见我们所有人都在光明中彼此相连；当你想到分裂的时候，你看见我们所有人都是独立的个体，充满了问题和痛苦。你是这么说的，对吧？”

“对，”帕特里克承认，但语气充满质疑，“可现在，我觉得那全是我想象出来的。我不确定那真的发生过。”

“那真的发生过。当你身在此处的时候，‘归宿’似乎只是个梦——一个不可能实现的梦，但当你找到归宿，也就是身在天堂的时候，此处就变成了梦。”

“可现在帕特里克明白这个了，为什么他还是回不去？”彼得好奇地发问。

“他能回去，”贝弗利开口说道，“问题在于，为什么他不想回去？”

“真有趣，我想我二十分钟前提过同样的问题。”加思佯装困惑地挠了挠头，“帕特里克，我们还在等你的答复呢。你愿意瞥见真实的世界，只是不愿留在那里。假如你知道你为什么现在不愿回去，你会说是因为……”

“我只是……我觉得我不配拥有那么美的东西。”帕特里克在座位上不安地动了动，意识到自己再也不能拿神或世间万物撒气了，“我真觉得我不配。”

“这才是远见卓识之人的答案嘛。负责又坦诚，完全出自个人的理解。只要你始终体察到这种不配的感觉，坚持选择抛开它，上天的恩典就会帮你解决剩下的问题。时间能治愈所有伤口。或者说，所有伤口最终都会愈合！”加思乐呵呵地补了一句。

“但要花多长时间呢？”彼得问，“就像你之前说的，这可能得花上好几辈子。”

“这不是时间问题，凯恩先生……”

“我懂，我懂……关键是愿意这么做。”彼得接过话茬儿。

“关键是做出承诺，”加思纠正说，“对自己做出承诺。把真正的快乐视为你生活中的第一要务，选择它的时候永远不要犯拖延症。从现在开始，别再相信你的受害者理论了。如果你感觉糟透了，不妨将这视为学习的机会。”加思停下来，扫视全班的人，“或者，你也可以沉迷于你的受害者故事。不管你怎么选择，请记住，这是你自己选的。下面，大家休息两个小时！”

庆祝坏事的发生

帕特里克回到家时，惊喜地发现米拉已经用他给的钥匙开门进家，一顿热腾腾的午饭已经快要做好了。肖邦钢琴协奏曲的悠扬旋律和灶上铁锅炒菜的香气交织在一起。“你怎么知道我这个点会回来？”他边问边心不在焉地搅着锅里的蔬菜，舀起一大勺，看着它们慢慢滑落回锅里。

“我不知道呀，只是感觉你会回来嘛。再有十分钟就能煮好了，只要你别再玩它就行。”

“抱歉！”帕特里克赶紧丢下木勺，“那我正好能把未办事宜清单写完。”他朝卧室走去。

“我把它放在那儿了。”米拉指向餐桌。

“咦？你怎么知道？”

“我和你老师调到了同一个频道呀。”她冲他眨了眨眼睛，他手臂上立刻起了鸡皮疙瘩。

“什么频道？”

“当然是69频道啦。”她像小女孩一样咯咯笑了起来，让他觉得回到了“性致盎然”的少年时代。他坐下来研究未办事宜清单，意识到已经好久没看它了。他惊讶地发现，其中大部分事已经完成了。这让他不禁想起了加思说的“毫不费劲儿地努力”：只要确定你的意图，听任事情发生就行。除了他目前手头在做的几个项目，那张曾经令人生畏的清单现在只剩几页画满黑线的纸。不过，做完大部分琐碎小事后，重要大事终于开始浮现。

“怎么了？”米拉问。

“没什么。”

“那你怎么一副‘大事不妙’的表情？”

“唉，现在我不用再为小事费心了，就得去面对前妻，跟她把事说清楚了。接下来是更麻烦的问题。”

“你的家人，对吧？”

“对。我跟你说啊，米拉，我不确定我能应付得了达琳——毕竟，我们只花了短短四年时间恨对方。至于我的家人……老天啊，我们把相互摧毁的艺术发挥到了极致。”

“你为什么那么恨达琳？”

“我也不知道，我想人总得有爱好吧。”

“帕特里克……”米拉警告说。

“抱歉，抱歉。我想我恨她，这样就不用觉得受伤了。她提出离婚的时候，我有各种各样的感受：屈辱、被拒、一文不值、挫败……我不知该拿它们怎么办。她夺走了我的尊严，让我觉得自己像个傻瓜。就像她把我变成了太监，而全世界的人都在嘲笑我。这就是我为什么恨她：因为她是个夺我雄风的坏女人。”最后一句话话音刚落，他心头的怒火又熊熊燃起。但米拉靠近了他一些，把手搭在他的胳膊上，他的怒气瞬间烟消云散。“而现在我得原谅她，这就意味着她赢了。她得到了钱、女儿、我的很多朋友……只有宽恕是可以不给她的东西，这为我保留了几分尊严。”

“你用不着原谅她。”米拉提醒他。

“当然得。”

“谁说的？”

“呃……加思说，如果……我就永远无法获得自由——”

“但你不想原谅她，你想恨她。”

“呃，没有谁想恨别人……”帕特里克说。

“你就想，承认吧。”

“不行。我是说，加思说过——”

“加思说过，加思说过！”米拉掐着嗓子学他说话，“我说你想恨她。得了，承认吧。你想狠狠地揍她，让她人间蒸发。”她伸手不停地戳向帕特里克的胸口和肚皮，“来嘛，来嘛……承认吧，你恨她。承认吧……”

“别戳我了！”帕特里克火了，“对，我恨她！我想杀了那个坏女人。

她毁了我一生！”

“这才对嘛。她还带走了你女儿。”

“呃，不对，”帕特里克稍稍冷静了些，纠正了米拉的说法，“事实上，我——嘿，别这样。我警告你！”米拉又伸手戳了他一下。

“你觉得她带走了你女儿、你的钱，还有你生活中别的东西，你想把她撕成碎片。承认吧……来嘛，承认吧……”帕特里克站在原地，既沮丧，又愤怒——部分是因为被人戳得烦，但更多的是因为米拉说得没错。去他的原谅！他想要那个女人付出代价！“我希望那个坏女人……去死！”他尖叫起来。

“这就对了！好好体会一下。体会所有的丑恶，享受这个过程。让自己感受这一切！”

帕特里克继续大发脾气，完全不在乎隔壁邻居会不会听见。他也想杀了他们！米拉催他继续，让他深入体会，真正融入其中。在她的循循善诱之下，他体内充满了仇恨，直到突然之间什么也感觉不到了，仇恨被平静取代了。这不是他通常发完脾气后的感觉，更像是怒火在享受的过程中燃烧殆尽了。

“你是怎么做到的？”他问。

“不是我——是你做到的。”

“可……这是怎么回事？”

“我爸通常把这称为‘庆祝你的破事’。你只需要彻底体察那种感觉，直到它消失不见。如果你生气，就体察愤怒；如果你受伤，就体察伤痛。但要确保你感受到了所有一切。如果你让自己享受这个过程，你就不会拿它来折磨自己——或是其他任何人了。”

她回到炉灶边，继续做午饭：“我小时候，老爸会鼓励我在小床上蹦蹦跳跳、大声尖叫，想叫多久就叫多久。当然了，你不用像那样大声嚷嚷。但如果你愿意的话，也可以那样做。有时候，条件不允许这么大闹一场。不过，静静地坐下来，完全沉浸在自己的情绪里，其实也挺管用的。大喊大叫是没问题，但有时它会让你远离自己的真实感受。”

电话突然响了。“我敢打赌，肯定是达琳。”帕特里克刚拿起听筒，米拉就调侃道。

“谁呀？”帕特里克略带犹豫地发问。

“嗨，是我。”达琳生硬的声音像电流一样击中了他，“明天，你会去接玛雅吗？”

“呃，会……当然啦。”

“那好，拜拜。”经过无数次不愉快的交谈，两个人的对话变得极为简单扼要，达琳可不想再跟前夫大吵起来。

“嘿，等等。”帕特里克一时冲动，脱口而出。

“怎么了？”

“你瞧……”帕特里克深吸了一口气，“我只想说……很抱歉我一直那么对你。就是这个，呃，我也不知道……这不是你应得的。”

“我一直都在告诉你这个。你懂的，你才是离开的那个。”

“什么？”他一头雾水，“抱着女儿走出家门的又不是我！”

“我说的不是这个意思。你在我走出家门前一年就结束了这段关系，你在感情上抛弃了我——还有你女儿。”

他心想："去你的吧。"感觉自己的脸涨得通红。随后，他抬头望向米拉，看见她在摇头大笑，这才抑制住了发火的冲动。

"对，达琳，你说得没错——是我逃跑了。我也说不好，我猜是我太傻、太害怕了。不管怎么说，我想告诉你，我很抱歉。从现在起，我会更尊重你的。我不想再吵下去了。"电话另一头陷入了漫长的沉默，似乎还有几分疑惑。

最后，达琳结束了沉默，声音略带压抑，但仍显生硬：

"呃，好吧，谢谢。我得挂了。明天见。"

帕特里克听见电话另一头传来"咔嗒"声，然后也挂上了听筒。

"这是个开始，"他表示，"必须承认，这确实比恨她恨得牙痒痒感觉好些。不过，我觉得心里还有很多东西。"

"所以说……"米拉边问边把两盘热气腾腾的中式炒菜端上了桌。

"所以说，我不喜欢这种感觉。"帕特里克解释道，盯着桌上的午饭。

"如果可以喝的只有水，就没必要问水好不好。"米拉说。

"这话什么意思？"

"意思是，如果你有感觉，那就去体会它。"

"但我不想伤害任何人。"

"那就不要伤害任何人。话说回来，做主的不是你吗？"见他用叉子乱戳盘里的食物，米拉瞪了他一眼，"你还要吃午饭吗？还是刚才吃饼吃饱了？"

"我还饿着呢。"他立刻大嚼起来，"等我吃完，也许我们可以进卧室，调到你那个频道。"

拥抱生命

雨已经停了，至少这会儿停了。于是，帕特里克决定在灰暗的天空下散个步，然后再回去上课。跟米拉亲热让他恢复了部分精力，但这一天的所有经历仍然让他疲惫不堪。过去的五个小时里，他体会到的感受比过去十五年甚至二十年还多！他想起了早晨课堂上发生的事，想起了班上每个人心中都深藏的创伤。接着，他想起了跟米拉一起“庆祝破事”，有点儿担心自己是不是打开了潘多拉的盒子。课堂上，别的学员提出问题，他总能感同身受，联想到折磨自己很长时间的某个问题。这种情况至少发生了五六次。在内心深处解决问题让他感觉很不错，但每次他觉得接下来会好起来时，另一个问题很快就会冒出来，让他意识到，生活中还有别的领域让他备感挫败。

他想起了加思回答彼得的问题时说的话。彼得问的是：“嘿，加思，这些破事有没有个头啊？”

“嗯，在我看来……这种事永远没个头。”加思答道，“它只会变好，或者变糟。”

如果接下来只会有同样的东西——甚至更糟，那这种潜意识大扫除又有什么意义呢？他为什么要经历这一切？

接着，他感觉到了，加思所说的“渴望”让他充满动力，想要更多。就像想拥抱一座大山，或是吸进世上所有的空气！他想拥抱生命，深刻地体会世间万物，直到心中充满感激。他想像卡洛斯·卡斯塔尼达一样，既能开怀大笑，又能放声痛哭。

他突然迈开双腿跑了起来，而且不断加速，跑出了他以为早已不可能跑出的速度。但他还在加速，感受运动带来的快感和活力，毫不费劲儿地在人行道上穿梭。他跑进一个树木繁茂的公园，冲进林间，发出酣畅淋漓的呐喊：“我想好好活着，哪怕这会害死我！”他沿着小路飞奔，避开低垂的树枝，绕开蜿蜒的树根，彻底放空大脑，心中充满喜悦和感恩。

他还是不知道跟随加思学习对自己有什么好处，但只要感觉走在正道上，他就会继续坚持下去。走这条路不是为了求生，也不是为了伟大的成就或世俗名声。这是一条感恩之道，这对他来说就足够了。当发现这才是他真正想要的东西时，他终于理解了远见卓识之人的渴望。

第四章　礼物的力量在于给予

礼物的力量在于给予。

——加思·泽维尔

1985年12月

“你想得太慢了，彼得，”加思说，“照这个速度，你可能得花上好几年，才能解决你人生中的一个问题。”

“太慢？”彼得一脸惊讶地问，“伙计，我的问题在于，脑子里同时有太多点子涌进来，不知该选哪个才好。”

“这不是想得太快，而是想得太多。大多数人的脑子里都有对话——而你的脑子里简直是在开大会。你最好还是跟着直觉走，这样效率会高一些。”

“我不懂你在说啥。我是说，对帕特里克这种人来说是没问题啦，可靠直觉是不是有点儿太……娘娘腔了？”彼得问道。

“我之前讽刺他，他这是在报复吧？”帕特里克问坐在他右边的丽奈特。

“偏女性化又怎么了？”老师问，“直觉是一种纯粹的思维方式。你难道没发现，从直觉出发的时候，想起事来要比你试图‘搞清楚’的时候快得多？”

“没啊。主要是因为我没靠直觉，”彼得立刻反驳，“对这里的人来说似乎没啥问题，但在现实世界里不可能这么做啊。”

“现实世界的运作怎么可能换种思维方式就不管用了？只要看看世界局势，你就会发现，战乱通常都源于有裂痕的思维方式——比如觉得必须有赢家和输家之分。只有从分裂中诞生的头脑才会有这种信念。”

“但确实有赢家和输家之分，情况一直都是这样啊。”

你是采集者、构建者，还是成就者

“对，那看看我们到目前为止情况如何呢？这种思维方式不管用，就是这么简单。人们运用理性、逻辑和分析，都是为了证明自己是对的。

你有没有发现，世界上所有的冲突无一例外都源于某人试图证明自己是对的？翻翻历史书，你就会看到，最终导致战争的事件遵循一系列步骤，双方都试图证明自己的做法的合理性。就连希特勒也认为自己做的事是对的，那些事在他看来都很合理。于是，一个有理性、合乎逻辑的人，领导着一个充满理性和逻辑人士的国家，掀起了一场试图统治全世界的非理性、不合逻辑的疯狂战争。我们什么时候才能明白，有裂痕的头脑只会加剧分裂？”

“你说‘有裂痕的头脑’是什么意思？”丽奈特问。

“降临人世后的某一刻，我们开始认同自己的身体。这被人们称为‘自我／身体认同’。这源于我们做的选择，相信自己和神是分裂的。我们越是相信我们是自己的身体，就越能接受不同的个性。人有三种基本的思维模式，我称之为‘采集者’‘构建者’和‘成就者’。每种思维模式都很好，但都存在明显的缺陷——其中两种尤为明显。

“构建者解决问题是通过收集尽可能多的信息，进而构建出问题的详细图景。随后，他们会认真构建出另一幅详细的图景，包含所有可能的解决方案，以及每种解决方案可能的后果。构建者很注重细节。”

“这听起来挺像我的。”薇薇安插话。

“对，我会说你是个构建者，薇薇安。”加思表示赞同，“成就者与此相反，他们是很直来直去的。给成就者一个问题，他们会说出他们在二三十秒内想到的最迅速、最有效的解决方案。成就者是‘直奔正题’的人。他们不想浪费时间，喜欢速战速决。”

“我就是！”彼得自豪地宣布，“把事赶紧搞定——越快越好！”

“你绝对是的，彼得。”老师点头称是，“最后是采集者，他们是上述两者的混合体，但又不是其中任何一个。他们是折中主义者，喜欢从这里采一点，从那里摘一点，打造一幅全新的图景。”

“这是我的风格，”拉杰什说，“集采众长嘛。”

“我倒觉得听着像个软蛋。”彼得争辩说，“如果没有成就者，这个世界会变成什么样子？如果你等那些——你喊他们啥来着？构建者？——如果你等他们弄吃的回来，大家统统都要饿死。”

“很多人已经在挨饿了，”薇薇安反唇相讥，“那是因为权力掌握在成就者手里。他们追求赚快钱，不在乎这么做的后果。”

“至少我们做了事。为了等你们这种人做调查、做调研，我白白丢掉了不少生意。每次老师问你们一个简单的问题，你们都要讲个长得要命的故事。”

“把背景说清楚很重要，”薇薇安咬定不松口，“我这个人不是一句话就能下定论的。人生不是一维的，你明白吗？在能理解这一点之前，你必须考虑影响人生的众多因素。你回答问题的方式漏掉了很多东西，我们永远没法了解你。”

“至少我能完成课堂任务。”彼得还在执拗地坚持。

“这跟你是哪种人又有啥关系？如果你不考虑那些东西，课堂任务就根本不值得去做！”

“正如你们看到的，每种思维模式都有利有弊。”加思打断了他们。

“呃，在我看来，采集者能集采众长，”拉杰什自鸣得意地说，“我们是两个世界之间的平衡点。”

“你们还是太慢了。”彼得提出抗议。

“你们漏掉了很多重要信息。”薇薇安也来补刀。

“我才没有呢。我尽快做完了最重要的事，用不着读完整本书也能找出要点——”

“谁有空读书啊，伙计？截止日期快到的时候，你才不可能跑去买什么破书呢。”

“呃，如果你懂得未雨绸缪，人生也许就不会总是处于紧急状态。”薇薇安反驳。

加思走向画架，让大家看这边：“正如你们看到的，这三种思维方式截然不同。不过，它们有一个共同点：你觉得自己的思维模式才是对的。”

这句话逗得大家哈哈大笑，尤其是刚才拌嘴的三个人。“事实上，如果你们还没猜到的话，它们都不是最好的思维模式。因为这些思维模式不是源于你，而是源于你的人格，也就是你觉得自己是哪种人。这些思维模式的根源是什么？”说完，加思写下了下面这句话：

质疑是思考的缩影。

然后，他翻过一页，继续写道：

所有思维模式都源于人格。

脑海里别给质疑留出空间

“每个人都内置这三种思维模式，其中一个自然而然占据了主导地位，其他两个则受到压制。就像其他跟人格有关的东西一样，思维模式的主要功能是强化‘分裂’这个概念。如果终结了人格，就终结了思考。”

“我们为什么会想这么做？”亨利提出疑问。

“只有你自己能回答这个问题。就我个人来说，我忍不了脑海里的那些噪声，尤其是它们总在干扰我获得我渴望的‘感觉良好’。不仅如此，当我开始密切地观察自己的想法时，才发现它们其实并没有改变。除了习惯用语和说话方式略有调整，我现在的想法跟三四十年前一模一样！它们甚至可能跟我七岁的时候完全一样。我发现，我大多数念头都是亘古不变的背景噪声，只是在表达我对被爱或快乐的抗拒。”

“为什么会有人抗拒爱？”

“这个问题我倒要问问你，亨利。”老师来了个回马枪。

亨利想了好一阵子才回答：“我猜，是因为它太……太可怕了吧？”

“对！在人类所有的恐惧中，对爱的恐惧是最强烈的。”

“瞎扯吧！”彼得挑衅似的说。

“看看结果吧。我们承认害怕的其他经历：死亡、疾病、暴力、失去至亲……这个世界上发生的事太多了，不光是人们无条件地爱彼此、爱自己。还记得我告诉你们的吗？在这个世界上，我们能得到自己想要的一切。如果我们没拥有某样东西，那是因为我们并不是真的想要它，而是更想要别的。显然，我们宁可去死也不愿去爱。”

“简直是疯了！”

“没错，”老师表示同意，“现在，如果我们每个人都只有一个人格要应付，就已经够难的了。可事实上，我们内心可能会有多达三十个主导人格复合体……”

“你说‘复合体’是什么意思？”玛丽埃塔插话。

“每个主导人格都附带若干次要人格。大多数人格在一岁半左右就开始形成，而次要人格可能很晚才出现——我们稍后再讨论这个问题。我只想说这一点：你的每个人格都在寻找爱。因为每个人格都源于一个得不到爱的自我，所以它会去追求它觉得是爱的东西。这就意味着，它会追求关注和特别感，具体表现为某种形式的接纳：爱我也好，恨我也好，就是别无视我。”

“什么，你是说咱们全都精神分裂？”

“彼得，这对你来说难道是什么新鲜事？我是说，我们都以自己觉得管用的方式试图获得爱，但我们的想法是分裂的，充满了质疑。远见卓识之人的第二法则就是：‘脑海里别给质疑留出空间。’”

“瞧见了没？”彼得拿胳膊肘碰了一下帕特里克，“我告诉过你，第二法则肯定不是‘小心驾驶’。”帕特里克睬都没睬他。

“质疑不是真实的，而且根本没理由这么做。这条路上确实有很多不确定因素，这一点毋庸置疑。不过，你要么是怀疑正在发生的事，将不确定因素视为向恐惧投降的契机，要么是将其视为增强自信的契机。如果你选择自信，怀疑就会烟消云散，从直觉出发的纯粹思考才会浮现。”

“这两者有什么区别呢？”贝弗莉问。

“直觉源于你的本质。它是睿智、直观、有创意、有启发性的，而不是用来证明你是对的。跟着你的直觉走吧！它会帮助你觉察你的私人过程，触及你记忆难以企及的过往。关键在于理解一点：你的记忆受自我管辖。”

“这些玩意儿听起来是挺棒的，”彼得忍不住插嘴，“但你怎么知道你什么时候在用直觉，什么时候只是在胡编？”

“多多练习，凯恩先生。多练习，有耐心。你越是多练习使用直觉，就越能快快适应。你越是适应，就越会相信它。你越是相信它，就越能看到人生过程之美。不光是你独特的私人过程，还有整个世界的过程，甚至超越这一切。”

“‘过程’到底是什么啊？”薇薇安问。

“过程就像一幅活生生的地图，展示了所有可见能量的相互联系。所有发生的事都在你的过程之中。这幅地图能帮你弄清楚怎样才能实现你的人生目的，即使你还不知道它是什么。

“例如，你遇到的每个问题，都是你为自己创造出来或吸引过来的，是为了揭示你关于自己和世界的错误信念。你的信念是思想、心理图景和感受的结合。如果你能改变自己的思想、心理图景和感受，就会更爱自己。所以说，通过‘过程’，宇宙可以选取你生活中发生的任何一件事，让你体会到真理。有了‘过程’，你走的每条路都会通往爱。”

“我听糊涂了。不过，我猜这不是啥新鲜事。”彼得哼了一声，环顾了一下四周。“确实如此呢。”帕特里克心中暗说，但没敢跟朋友对视。

“这说明你在试着弄明白，说明你在思考。”老师说道，“记住个人当责意味着什么。如果我们不是通过某种方式与世界直接相连，又怎么能影响它呢？”

“你是不是打算告诉我，之前你说帕特里克要为那些公司倒闭、害得他丢掉客户负责，其实是认真的，不是在开玩笑？他对金钱的感受竟然会导致那么多大公司倒闭？”

“对。”老师简短地答道。

“你知道这听起来简直是疯了，对吧？”

“只有目光短浅、心胸狭窄的人才会这么觉得。远见卓识之人懂得‘身外无物’。大多数人所谓的‘谦虚’只是自我在试图说服自己，说我们太渺小，没法影响周围发生的事。帕特里克可能会导致公司倒闭，因为他拥有那个力量——你也一样。只要你听任它帮助你，而不是用它来惩罚自己就行！这么一来，你纯净的头脑就能给你启迪，让你意识到，你是万事万物的重要组成部分——无论你怎么选择，都会影响到整体，因为世间万物都是彼此相连的。”

帕特里克再一次觉得，加思的解释是“错”的。一种刺痛感像电流般窜过了他的全身，但他再一次告诉自己，加思不可能误导他们。“加思是对的，帕特里克是错的。”他提醒自己，“脑海里别给质疑留出空间。”

“但那些公司里丢了工作的人呢？他们丢了饭碗，只因为帕克神经过敏，不喜欢有钱花？”

“他们和帕特里克一起做了选择。没有人能独自做选择。”

“但那些人为什么会想丢掉饭碗？”

“可能是出于跟帕特类似的原因，他们也遇到了钱的问题。”加思平静地答道。

彼得仍然难以置信：“你是说，我能阻止世上所有的麻烦——包括战争和疾病，如果我选择这么做的话？”

“大体上没错，如果你挖得足够深的话。还记得帕特里克告诉我们的，他在潜意识里处理完父母和金钱的问题之后，他的来访者的数量增加了吗？还有，你在抛开所有女人都想伤害你的信念后，你和杰西卡的关系大有改善吗？”这事发生在帕特里克三周缺席期间，“你在内心做出选择后，短短一个月的时间，你已经看到了外部世界的许多变化。这主要跟潜意识有关。等我们再挖深一些，你再看吧。”

“话是没错，但课上发生的很多事都可能是巧合。况且，变的很多东西又变回去了。就拿帕特里克来说——他的客户确实是变多了，但下一周又变少了。”

“这也许跟你觉得自己是谁（也就是所谓的‘自我观念’）只是巧合。至于来访者减少嘛，不可能只因为你清除了一部分潜意识，所有问题都会迎刃而解。帕特里克选择了宽恕，他的人生就发生了积极的变化。如果出现了别的问题，就说明他还需要多多宽恕。我们只看到了他潜意识的一小部分，效果已经这么好了。想象一下，如果你能挖得更深一点儿，超出这种支持彼此争斗、饱受折磨的潜意识，那又会怎么样？彼得，你还没开始为了自己而承担风险。这就是为什么你看不到自己对周遭世界的影响。首先，你必须想起你到底是什么人。”

加思走回画架旁，开始在上面画圈，就像池塘里的一圈圈涟漪。

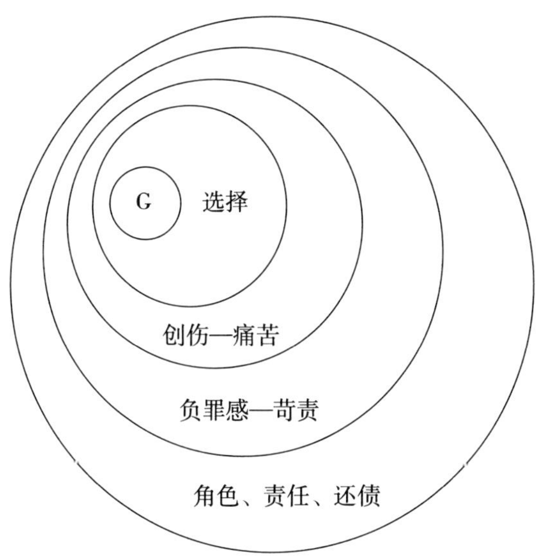

他在中间写了一个大大的“G”，在第二圈写了“选择”，第三圈是“创伤—痛苦”，第四圈是“负罪感—苛责”，最外圈是“角色、责任、还债”。

“这是我一直在努力搭建的大模型的简化版，”他解释道，“这个模型基于一大共识：我们来到这个充满奇妙天赋、才华和奇迹的世界，初衷是将自己的礼物送给每个人。比方说，”他指着中间的“G”说，“这就是你来到人间希望送出的一份礼物。但出于某种原因，你没把它送出去。你选择不这么做。”他指向第二圈，然后边说边指向每一圈，“是创伤让你拒绝送出礼物。创伤割裂了我们跟周围所有人的联系，迫使我们意识到分裂的感觉，给我们和我们爱的人带来了痛苦。我们看着自己的家人，看到他们深受痛苦的折磨，感觉自己要为此负责，因此产生了负罪感，觉得有责任把一切变好。正是从这个时候开始，我们开始扮演角色，试图弥补自己所作所为造成的恶果。就算我们还记得，也不会想到要送出礼物，因为负罪感让我们觉得自己不配这么做，甚至觉得自己根本没有礼物可送出。我们会这么想，是因为我们‘很坏’。

“通过扮演角色过日子，说起来其实挺讽刺的。因为我们都不愿有负罪感，所以会通过谴责的形式把它推给别人。前一分钟你还感觉糟透了，因为你觉得自己给家人带来了痛苦，后一分钟就变成不是你的错了——而是你父母的错，要么就是全世界的错！所以说，我们在努力还债，但不承认那是自己背的债！人可真有趣，对吧？”

背负内疚还债

“抱歉，但我没听懂，”玛琳开口说道，“你好像是在说，我不再爱我妈妈，给她的生活带来了痛苦，所以我感到内疚，开始通过某种方式加以弥补。但其实我心里在怪她，觉得是她不再爱我了。你说的是这个意思吗？”

“差不多吧，但你漏了很重要的一点。你拒绝爱你妈妈时，先感觉到了自己内心的痛苦，然后才开始看到她的痛苦。”

“呃，但我觉得不对啊。有时可能是这样，但有时她心情不好，就拿我出气。我觉得谁做事，谁就该负责，她也得为她做的事负责吧？”

“我们可以从不同的角度来分析这件事，玛琳，”老师提出，“但现在最简单的解释是，不能为拒绝爱别人找借口。如果你这么做了，就会增加分裂。过去几周，我们已经走了很多过程来证明这一点。我们也看到了，选择爱——通过宽恕、共情、幽默或其他方式——能解决所有问题。

“但你必须把自己视为起点。想象一下，你看见妈妈处于痛苦之中，因为她没感觉到你降临人世该送出的爱。你看见她难过，感觉糟透了，所以就做了某些事，以此来缓解她的痛苦，也减轻你自己的负罪感。你故意做坏事，让她不得不动手揍你，用这种方式做弥补。你本可以做个乖巧、文静的小姑娘，让妈妈过得更轻松，也可以变得乐于助人，帮妈妈做事，但你选择了扮演‘问题少年’的角色，别的孩子则选择了其他角色，比如英雄、小可爱等。”

“但她揍我的时候，什么也没发生啊！没人感觉好一点儿。事实上，我俩都感觉更糟了。”

“完全正确！”加思点点头，“最后，负罪感压得人喘不过气来，所以你试图把它抛开。猜猜它被抛给了谁？你妈妈。你没意识到，责怪妈妈其实反而把负罪感保留了下来。看看结果吧：你现在还在责怪她，还是感觉糟透了。”

说完，加思又在翻页板上写了几行字。

1. 天赋异禀 / 卓越不凡
2. 拒绝给出内在的天赋礼物
3. 感知分裂
4. 体会负罪感
5. 扮演牺牲者的角色，以此做出弥补
6. 扮演角色还不够
7. 责怪家人
8. 强化牺牲
9. 所有人都是输家！

“那她呢？她根本用不着揍我的！”玛琳伤心地大喊。

“这是你的理性思维在试图证明你怪她是有理的，你完全有权怪她——这明明是她的错。这就是理性告诉你的。她揍了你！她做错了！”

“但她确实揍了我啊。”

“她为什么揍你？”

“可能是因为她觉得很挫败吧。那是她被查出癌症，不得不卧床休养之前，可是……”

“等等，”老师打断了她，“挫败感通常意味着感觉自己无法得到什么，对吧？”

“我得想想，”玛琳停下思考了片刻，“呃，好吧，这意味着我们想得到某样东西，但受到了阻拦，或者我们觉得该发生的事没发生。”

“好的，那你妈妈没能得到什么？对她来说，什么事没发生？”

“她当时很抑郁，”玛琳解释道，“她总觉得恶心，谁也说不清是怎么回事。我猜，大概是她开始失去希望了。”

“如果她抱有希望的话，会过得好吗？”

“呃，她还是会得癌症，不过……对，我想，她会过得快乐些。”

“你觉得，如果她抱有希望，过得更快乐，还会想揍你吗？”

“我懂你的意思了！可她失去希望又不是我的错，她为啥要拿我出气？”

“用不着这么戒备嘛。”加思调侃道，“请注意，你选择说的每个字都在暗示，你觉得自己该为此负责。现在，想象一下你没忘记送她礼物。”他边说边走回了翻页板旁边。

1. 天赋异禀 / 卓越不凡
2. 给出内在的天赋礼物
3. 感知联结（而不是分裂）
4. 爱
5. 送出更多礼物
6. 体会幸福、安宁
7. 感知家中的幸福、安宁
8. 所有人都是赢家！

“你的意思是，我本可以给她希望，但我没这么做。所以，为了弥补，我做了坏孩子。假如我让她把挫败感都发泄到我身上，也许她会好起来。是我想让她揍我的！”

“问题少年是个很典型的角色，能让父母通过发火释放自己的挫败感。问题在于，一旦怒火被释放出去了，挫败感又会卷土重来——还伴有沉重的负罪感，让父母感觉更糟糕。你在工作上有没有搞砸过？”

“偶尔有，”她承认，“但不经常。”

“是不是通常都围绕某个人？”

“一直都是啊。你怎么知道的？”

“那个人在工作中是不是很容易被惹毛，或者很容易陷入沮丧？”

“完全正确！”玛琳的声音变得粗犷而刺耳，“她是夜班的护士长，总是板着一张脸。我老是在她心情最差的时候惹毛她。我填‘护士换班表’总是填错，她就冲我大喊大叫，好像我害死了病人似的。”

“所以说，你还在努力还欠妈妈的债，是吧？”看着玛琳陷入了深思，加思的眼睛里闪烁着戏谑的光芒。

“他还在说人话吗？”彼得抱怨道，“我一句也听不懂，听得比平时还云里雾里。”

“而且好压抑啊，”丽奈特接过话茬儿，“我们啥时候才能抛开这些？玛琳还在应付她妈妈好多年前做的事。感觉看不到希望啊！”

“什么？我在远见卓识之人中间发现了质疑？你们都忘了第二法则了？”加思佯装失望，“信任这个过程。”

“有啥值得信任的？”彼得问，“除了坏消息越来越多。”

“信任，”加思重复了一遍，“第二法则是提醒你相信，无论你犯了多少错，宇宙都会将它们转化成更高层次的感悟。脑海里别给质疑留出空间，不要怀疑宽恕的力量，不要怀疑你的伟大命运。每当你发现自己被看似无解的问题困住时，不妨扪心自问：‘神是不是改变了对我的看法？’然后倾听心声。”

“要是啥也没听见，那该怎么办啊？”彼得又问。帕特里克简直要被他惹毛了。

“耐心点儿。让内心的对话——或者照你的情况来看，是内心开的大会——安静下来，静静等待。你的内心也许不常发话，但当它开口的时候，通常总是围绕钱的。你有多愿意听，它的声音就有多大。玛琳做了我们每个人都会做的事——继续扮演自己的角色，直到找到一种更迅速、更有效的方式来摆脱负罪感。这种方式可能无法满足我们的逻辑或理性，但确实有效。

“如果你们还没意识到的话，我们到目前为止在课上讨论的主要是角色和义务。帕特里克，我们大多数时间都在处理你的‘讨好者’角色。你潜意识里觉得是自己导致了家人不幸，所以扮演这个角色来做弥补。直到现在，你还在努力修补伤口。这就是为什么你选择了这个职业，专门吸引‘受伤的小鸟’。每当出现问题时，你都觉得该由你出马，让一切好起来。”

“这又有什么问题？”玛琳问道，显然这个话题的走向让她焦躁不安，“如果没人照顾病人和受伤的人，这个世界又会变成什么样？你是说，世上的各种病痛是我们导致的？”

“如果你不觉得自己的负罪感是真实存在、无法治愈的，就不会把病痛看成持续恶化的无望境地。如果你受‘害了自己家人’的模糊负罪感驱动，就会不断地寻找机会做弥补。你有没有发现，帮别人减轻痛苦后，你会感到几分释然？那种感觉可能并不强烈。”

“说真的，每次我帮完别人，都会觉得有点儿沮丧。”玛琳承认，“有时甚至会抑郁。”

“你现在就是，对吧？但刚开始肯定会感觉好些吧？”

“刚开始是的，但新鲜感消失以后，工作就变得越来越烦人。只有在辞职的时候，我才感觉好释然。”

“为什么你刚开始感觉良好？”

“因为我确实觉得我是在帮助别人，在改变世界。”

“你的意思是，你觉得自己有价值？”

“对，我猜是吧。”玛琳点点头，“但没过多久，工作就压得我喘不过气来，而且当医生的全是些浑蛋……”

“这话什么意思？”

“他们从来不会感谢护士——”

“也就是说‘你’。”

“不光是我，不过，也包括我。我觉得，他们总是踩在我们头上——”

“也就是说‘你’。”老师调侃地重申。

“好吧，好吧，”玛琳暴躁地回应，“他们总是踩在我头上，就跟我是个清洁工似的——”

“那想想真正的清洁工是什么待遇吧。”加思插了一句。

“我觉得我的工作没有任何回报，”玛琳涨红了脸，“如果病人好起来了，那都是医生的功劳。但要是出了什么问题，他们马上就会开始‘猎巫行动’，抓个无辜的护士‘绑上火刑柱’。我受够了，工作累，赚得少——就连一句‘谢谢’都没有！”

“伙计们，这是一个快要油尽灯枯的护士的自白。”加思宣布。几个学员窃笑起来。

“这一点儿都不好笑！”玛琳突然大吼起来，让所有人都大吃一惊，她之前从来没有提高过嗓门，“你们来试试做我的工作啊！每个人都叫你做这个、做那个，从来不说声‘谢谢’，就跟你是个……是个……”

“清洁工？”加思猜测道，引起了一阵笑声。

“别笑了！这不好笑！”玛琳眼中蓄满了泪水，嘴唇也开始打战。

“对一个快要油尽灯枯的人来说，这确实一点儿都不好笑，玛琳。”加思的声音变得特别温柔，“但你没发现这种感觉有多熟悉吗？你的牺牲，觉得被压得喘不过气来，对得不到感谢、得不到尊重的愤怒……还有那种糟糕的感觉，都会让你想起什么？”

“我的家人。”玛琳的声音又低又弱，仿佛耗尽了全身的能量，说话时眼睛一直盯着地板，“不是说他们不想开心……他们只是无能为力。癌症发作以后，我妈每天都躺在床上，我爸根本派不上用场——他回家就已经醉醺醺的了，在家也酒不离手，一直喝到两眼一抹黑。只剩下我来照顾弟弟妹妹。我那时才八岁啊！看在老天的分儿上，该有人来照顾我才对！”她说话时手里攥着纸巾，边说边把它撕成碎片，任由碎纸飘落到脚边，“家里总是阴沉沉的，就跟我们一样——每个人都阴沉沉的。”

“你那时决定要做什么？”

“我也不知道，”玛琳耸了耸肩，“我猜，我觉得做个‘坏姑娘’只会让事情变得更糟。我大概是觉得，只有我能让一切变好。所以，我做了个好姑娘：给妈妈做早餐；要是觉得难过、孤单或是遇上别的什么事，都别去打搅其他人。长大以后，我就开始管家了。不过，其实什么也没变。”

“就是这样，什么都不会变。”帕特里克自怨自艾地附和道。

“听起来真像个受害者。”彼得又学起了加思。

“你还有完没完？！”帕特里克咆哮起来。

“怎么了呀，伙计？”

“没事。”帕特里克闷闷不乐地回了一句，低头盯着自己的脚。

“看在老天的分儿上，吃颗安定吧。”彼得还是一脸得意地笑。

帕特里克终于爆发了：

“噢，滚吧！你怎么就是长不大啊，伙计？我早就听够了你的白痴笑话！这么多年来，我一直忍着你，听你的鬼话。总是你说我听——每次我有话要说，你只会取笑我，就跟你是整个该死的地球上唯一重要的人。去你的吧，我再也不会让你踩在我头上了！”

“谁叫你这样了？你觉得我需要你？好好先生到处都是。要是你不想跟我一起……拜拜吧！谁离了你不行啊？”

“好呀，你滚……”

“你俩吵够了没？”薇薇安打断了他们，“我最讨厌大人像小屁孩一样吵架——你们为啥就不能好好聊聊呢？”

“这种事我在小组研讨会上见过很多次了，”老师接过话茬儿，“玛琳说的东西肯定对你很重要，虽然你还没意识到。这似乎引出了一些过去的痛苦。”

“我不痛苦——只是很气。”帕特里克反驳。

“愤怒是次级情绪——我们用它来控制更深层的感受。玛琳描述的痛苦对我们每个人来说都不陌生，只是具体情况有所不同。我们在人生某一阶段都做过类似的选择。我们感受到了周遭的人所遭受的痛苦，认为赶走痛苦是自己的责任。”

加思停顿了几秒钟，仿佛在思考接下来该说什么。帕特里克能听见自己的呼吸声，因为安静的房间似乎变得更安静了。

“我希望你们都闭上眼睛。让直觉引领你回到你觉得家里出问题的那一刻。看看你脑海中浮现的东西，相信它。”

起初，帕特里克的思绪飘忽不定，对大白痴彼得怒气难消。不久，音乐响起，那是一首柔而忧郁的小提琴曲，有吉他和钢琴伴奏。他没听过那首曲子，但立刻体会到了深切的悲伤。他脑海中浮现的是六七岁时与家人在一起的场景。那是一个夏日的星期天下午，大家都无所事事地待在家里。他从一个房间走进另一个房间时，发现屋里弥漫着愁绪。没有任何东西能解释这种感觉，那只是一种无所不在的……死寂感。每个人都孑然独立、萎靡不振。随着“为什么”这个问题在他脑海中一遍又一遍回放，失落感和悔恨紧紧地攥住了他的心。为什么他的家人不能开心点儿？在音乐声中，他听见有些同学在轻声抽泣。一个女声在轻柔地哼唱——那是他当天早些时候听到的声音：

充满爱意的话语，发自内心的大笑，
未曾有过的时光，究竟发生了什么？
当泪水从眼眶滑落，
是因快乐，而非心碎。
未曾有过的时光，我爱的人怎么了？

带我回那我心自由的所在，
回归和谐、快乐的生活。
人们能发自内心看见
我当下的天赋，而非往昔。

真诚、善意的关怀，爱心之手的抚慰，
未曾有过的时光，究竟发生了什么？
引导之手温柔指引，
不会紧握，也不推开。
你去哪儿了？我们能否再见，
在某段不会再有的时光？

似乎从很远很远的地方，帕特里克又听见了哭声。哭声与他失去家人的深切悲哀产生了共鸣。他再一次备受痛苦的折磨，无助地屈服于吞噬他家人快乐的险恶阴影。他再也忍不下去了，好想怒发冲冠，问神为什么要这么做。但他知道，愤怒只是避重就轻。他想弄个水落石出。

需要天赋的礼物

歌声已经终结，琴声仍在萦绕。加思开口了，他的声音与柔和、甜美的乐声和帕特里克目睹的场景完美契合。“看看他们缺少什么。为了治愈创伤，他们真正需要的是什么？”

“激情”这两个字突然蹦了出来。帕特里克看着自己的父母，看见他们彻底失去了共同生活的欲望。在这个过程中，他的兄弟姐妹也失去了欲望。

“他们缺少的是你降临人世要送给他们的礼物。这份礼物会修复他们的创伤，你懂了吗？你只是忘了。你犯的错就是忘了你曾经——现在也充满天赋。如果你能让其中一个天赋闪耀光芒，那么你的家人也能想起自己身上同样的天赋！如果你点燃了自己天赋的蜡烛，它的光亮就能让他们看见自己的天赋。你只是忘了，仅此而已——这是个错误。虽然你是这么想的，但你什么也没做错。猜猜怎么了？！”加思的声音温柔又甜蜜，“现在还不晚！有了你如今的感悟，加上你内心的对话……你现在就能选择这份礼物！只要你想这么做就行。”

“好的，”帕特里克带着些许绝望，诚恳地在心中默念，“我想给他们‘激情’这份礼物。我需要给他们‘激情’这份礼物！”尽管他表达了自己的意图，但还是怀疑什么也不会改变。

“脑海里别给质疑留出空间，”加思接着说，“不要为你的愤世嫉俗、绝望、评头论足或是犯疑心病的人格留出空间。运用远见卓识之人的信任，想要给出你的礼物。你一辈子都在试图消除过去的罪恶，但你根本没做错任何事。你只是对自己评头论足，给自己安排了一个角色，用来弥补你的负罪感。

“这个角色有什么用？欠债最后还清了吗？错误得到纠正了吗？要过多少年你才能明白，这么做根本不管用？帕特里克，你打算在工作中耗得油尽灯枯，最后才发现这救不了你的家人吗？彼得，你还要浪费多少年在桀骜不羁的荒地上奔忙，隐藏你的耻辱，因为你觉得自己毁了全家？还有薇薇安，你还要扮演多少年殉道者——卧病不起或霉运缠身，希望父母看到你为自己做的坏事付出了代价？

“不一定要这样。你们用不着为自己的错误埋单。你们是清白无辜的，你们所有的债务在此一笔勾销。现在，你们可以取回自己的礼物了。”

帕特里克真希望这能像想象一样简单，但内心的某些东西违背了他的意愿。每当他集中意志力选择礼物的时候，就仿佛坐上了情绪过山车，在绝望的隧道中不断坠落，在黑暗中痛苦挣扎。

“不要做任何抵抗。”加思提醒他们，帕特里克听任自己继续下落，“不管你们经历了什么，都不要忘记自己的天赋。它一直都在你们的内心深处，只是你们在停止给予的时候，就忘记了它的存在。”

帕特里克遵从老师的指导，想象从内心朝黑暗伸出手去。他得到的回应是一束暗淡的光，笼罩着他全身。他凭借意志继续向前伸出手去，伸向那束光的核心。绝望越来越强烈，黑暗似乎在试图把光明推回去。

但奇怪的是，他的思绪平静了下来，他终于下定了决心。痛苦与黑暗仍在那里，但光明笼罩着他。他觉得自己浑身上下充满活力，就像下午穿越树林的时候一样，心中充满激情和对生命的感激。他进入了那束光的核心。突然之间，他感觉纯粹的光明之力从自己内心散发出来。

现在，他回到了过去，在儿时的家里徘徊，再次偷看家里的每个人。但这一回，他感觉到自己天赋的力量流进了父母心中，然后淌进了兄弟姐妹心中，直到每个人都充满激情。从外表来看，他们似乎跟从前一样，并没有做什么特别的事。不过，人人都散发出全新的活力。当他凝视他们的眼睛时，看见了截然不同的东西：平静和满足。似乎在说："我们有什么成就并不重要，重要的是我们还活着，这才是最大的成就！"他意识到，从家人眼中看到的快乐，正是自己一直想要的东西。

他睁开双眼，视线与加思交会。无条件的纯粹之爱从帕特里克的胸口爆发出来。这份爱迅速扩张，包容了所有人，充斥着整间屋子，然后超越了墙壁的阻隔。凭着直觉，他"看见"这份爱包容了他生命中的其他人：玛雅，他可爱的小天使；米拉，他美妙的另一半。随着爱的光芒抹去了他对达琳的苛责和批判，达琳的美几乎让他喘不过气来，差点儿害得他摔倒在地。随着爱的光芒继续扩展，越来越多的面孔浮现在他眼前，每个人眼中都映出真爱、敬畏和感恩之光。他爱他们所有人，不是因为他们是谁，而是因为爱他们是自然而然的。很快，纯净和完美的能量就笼罩了楼房、公园和道路，整个麋鹿镇都处在爱的怀抱中。光芒还在继续扩展，笼罩了全省……全国……整片大陆……现在，整个地球全被笼罩了。在"真我"的力量笼罩下，"帕特里克"这个人彻底消失了。

你为什么逃离

“对不起，对不起，对不起……”彼得的声音再一次把出神的帕特里克拉回了俗世，但这一回，他朋友的声音听起来很不一样。帕特里克抬头望去，只见大块头彼得浑身颤抖，泪水从他紧闭的双眼滚滚流下，他狠狠地撕扯着手里紧握的纸巾。不管他内心发生了什么，那显然相当激烈，因为他的衬衫全被汗水和泪水浸透了。帕特里克打小就认识彼得，从没见他掉过一滴眼泪。帕特里克人生中的定数并不多，其中之一就是彼得从来不哭!

“你还好吗，彼得？”加思柔声问道。

“太痛苦了！”彼得哭喊着，“每个人都在吵架，老爸在楼上躺着，癌症啃着他的骨头，还有……每个人都很痛苦！他们都好怕……可我什么也做不了！”

“他们在呼唤什么？他们需要你的什么礼物？”

“去他的礼物，伙计，这是真的！这真的发生过！他们都很痛苦，我却丢下他们逃跑了！”彼得睁开眼睛，瞪着老师和其他学员，“我是唯一干活养家的人，却丢下他们自生自灭！我的家人都过得一塌糊涂，我却由着他们这样！”他重新闭上眼睛，哭喊变成了长长的哀号，触及了每个人的内心深处。音乐停止了，加思走近大块头。

“这么说，你丢下家人逃跑了，”当彼得的哭声变成断断续续的呜咽后，加思继续说道，“是你内心的什么感觉让你离开的？”

“我实在受不了，看不下去了。我只是不想再看了！”

“看着他们让你有什么感觉？”加思不肯放弃，“到底是什么让你逃跑了？”

“我……不……知道！”

“往下挖，去感受。”

“我告诉你了，我什么也感觉不到。”

“拜托了，彼得。瞎猜也行。”

“可能我有点儿怕他们让我背的责任吧……但我那时才十八岁，做这些还太小！”

“最开始是什么让你背起责任的？”

“总得有人做吧？我是长子，老爸又病了。老天啊，我从七岁起就这么做了。可当情况变得特别糟糕的时候，担子变得太重了……就像我的整个人生都被偷走了。”

“情况变得特别糟糕的时候，你有什么感觉？回想一下你离开前的场景，分析一下你当时的感受。”

“有完没完啊，加思，”彼得疲惫地叹了口气，“我告诉你了，我不知道——我不擅长分析感受什么的。”

“有完没完？！”加思突然大吼起来，“我在努力救你的命！这么说够了吗？你当时到底有什么感觉？”

彼得吓了一跳，重新闭上双眼。过了一会儿，他终于开口了，口气也谦逊多了：

“我们坐在餐桌旁，大家都在告诉我医生是怎么说的。老爸最多还能熬两个月。然后，妈妈突然站起来，说医疗账单花掉了老爸所有的人寿保险。我们背了好多债，还有房子的贷款，根本还不清。突然，大家都扭头看着我。就像要等我创造奇迹，或是掏出什么法宝……”

“这让你有什么感觉？”老师满怀期待地问。

“我觉得我好弱小，”彼得简短地回应，“这对我来说实在太过分了，我不够强大，没法……不管接下来会发生什么事。我好无助。我讨厌觉得无助。”

“你决定做些什么？”

“就像我说的，我逃跑了。”

“后来，那种弱小的感觉怎么样了？”

“我也不知道。我猜，我确保自己再也不会有那种感觉了。”

“那么，如果那种感觉又出现了，你会怎么办？”老师问。

“它再也没出现过，至少我没发现。”彼得略带自豪地回答。

“真的没有？”加思惊讶地往后一仰，“真有趣，我发誓几分钟前，我还看见你跟帕特里克大闹了一场呢。”

“噢，我们一直都这样。”

“我相信你们是这样的——每当你开始觉得软弱无力，他觉得自己做错了什么、毁掉了什么，你们就会这样。”老师看着帕特里克，一脸了然的微笑。

“我可没觉得。”帕特里克立刻反驳。

“我也没有。”彼得应声附和。

“当然没有了——至少你们没意识到。你们觉得自尊会提示你们吗？是愤怒操纵着你们的手。你们以为自己只是厌倦了对方，对吧？就跟之前每次一样。但我要告诉你们一个小秘密。”他走向画架。

我们生气从不是出于自以为的原因。

倾听你的真心

“你们发火是为了控制内心的感受，免得感觉到即将涌现的痛苦和负罪感。我们所有人都会这样。我们每个人都试图用自己的方式控制它。幸运的是，玛琳为我们开辟了一条新路。你现在好些了吗，玛琳？”

“好多了。”玛琳温柔地笑了笑，眼中还含着泪，“现在我觉得，我们所有人都有希望。谢谢你，加思。”

“不客气。”他们俩对视了一会儿。随后，加思扭头望向小组的其他人，他的眼睛湿润了：“如果小组里有一个人敢于冒险，面对自己害怕面对的东西，其他人就会迅速跟上。这个‘送礼过程’已经持续了一整天，我能从你们的表情和肢体语言看出来。”

“那我们怎么没发现？”帕特里克问。

“可能是因为你们不想感觉糟糕透顶吧。人会对痛苦和负罪感做出下意识的反应：我们不知道怎么摆脱它们，就在潜意识里竖起屏障，确保自己不会感觉到。”

“所以说，如果我们觉得很生气，或者感觉糟糕，这是件好事，对吗？”彼得一脸天真地问。帕特里克突然想起了自己为什么喜欢这个大块头。

“这意味着你们意识中的某些旧伤正在浮现时，以便得到治愈。每当痛苦浮现时，宽恕和爱也就不远了。这在你的亲密关系中出现过很多次——因为你和帕特里克关系特别好，所以就表现得更明显。不过，每次你和帕特里克在一起，都有机会治愈伤痛并取回礼物。麻烦的是，你们会转而扮演自己的角色：帕特里克会变成好好先生，总是殷勤有礼；你则会变成独行侠，从不暴露自己的弱点，也不展示自己的需求。你们的关系不是互不设防的，而是一种‘审慎的友谊’，由你们各自扮演的角色守护。”

“好吧，所以说，我们确实引出了旧伤，就像我现在感觉到的一样。那该拿它怎么办呢？我怎么才能接受抛弃家人这件事？”

“我们都抛弃了家人，”薇薇安评论说，“就像老师刚才说的，这只是个错误。”

“是吗？”彼得冷冷一笑，“好吧，你的错误可没害得你弟弟锒铛入狱，也没害得你妹妹变成妓女吧？”

“我没弟弟。”薇薇安反唇相讥。

“这只是更多的痛苦在浮现。”加思打断了他们，眼神锐利地看着薇薇安。

“我到底该怎么办啊？！”彼得火了，从椅子上蹦起来，居高临下地俯视坐着的老师，“活在这个世上，有些东西你就得忍着！发生过的事就是发生了，你那该死的宽恕也没法改变！”

“就是这个阻止了你取得你想要的成功？”加思直视彼得的双眼问道。

“什么鬼？”

“你有没有让抛弃家人的负罪感阻止自己获得幸福？”

彼得的肩膀突然耷拉下来，颓然跌坐回了椅子上。

“你在说什么啊？我过得挺好的。”

“没错，明知自己不得不抛弃家人才能走到现在这一步，你还能好好享受生活吗？”彼得没有回答，只是盯着老师，就像自己的整个人生刚刚被曝光人前，“你瞧，彼得，沉迷于做独行侠的问题在于，你没法真正享受自己的成功，因为这意味着必须去感受。”

“那还有路可走吗？”彼得虚弱地问道。

“发挥礼物的力量。”这就是老师的回答，“你离开家人的时候，他们缺少什么？”

“自信。他们什么事都靠我，因为他们没信心，觉得自己做不到。”

“棒极了！你有没有发现，你也从来没有那种自信？”

“对！”彼得承认，“我是说，我总是装作胸有成竹，就像想做什么都能做到，但其实我一点儿都不相信自己。我总觉得，如果情况变得很糟，我肯定会抛下一切逃跑的。”

“对！你觉得自信来自哪里：是来自神，还是来自你自己？”

“我对神不是很感兴趣，所以我希望是来自我自己。我感觉不到自信的时候，就会觉得虚弱无力，想转身逃跑。”

“好的，现在回到你脑海中的那个场景，你和家人一起坐在餐桌旁边——”

“我不想。”

“因为？”

“因为我不想体会那种无力感了。我不相信神能治愈它——就算它真的存在，发生的事已经发生了。我不相信能改变过去。”

“你是不是说过，你有个女儿，彼得？”

“对，克丽丝特尔。”彼得的声音沙哑了。

“你希望克丽丝特尔像这样活着吗？被往事束缚？像她亲爱的老爸一样，为某些无心之失懊悔终生？”

“这招真够阴的。”彼得低声说。

“你可以告诉她应该怎么做。你可以告诉她和其他无数人，我们用不着为自己犯的错付出一辈子的代价。我们可以原谅自己，向前看。要不然，你也可以告诉她，她注定要成为她自己都记不得的无心之失的受害者，不得不在愧疚、痛苦和恐惧中度过余生。”

“伙计，这对她来说不一样。她的情况完全不同，她犯的错比我轻得多。”

“你说过，你认为自己要为家里发生的事负责，对吗？”加思提醒他。

“嗯……对，从某种程度上说吧。”彼得承认。

“那你就不觉得，你女儿也会认为，她要为你们夫妻俩的分手负责吗？”

“我知道她是这么想的，但我一直告诉她，这不是她的错，我跟她妈妈只是处不来。”

“可克丽丝特尔还是觉得愧疚。我告诉过你，你爸得癌症不是你的错。你觉得很无助，不得不离开，也不是你的错。你觉得你得到谅解了吗？”

“没有。”

“那你怎么能指望你女儿会呢？她在等你告诉她该怎么做。”

帕特里克想到了女儿，不知她是否也背负着父母分手带来的罪恶感。

“但是，有些东西就是不一样啊！”彼得努力辩解，但一点儿也不令人信服。

“想象一下试试看，好吗？照我的规矩来。我不会改变那个场景，一切都还是你描述的样子，行吗？”

“好吧，”彼得同意了，“我们都坐在桌子旁边，他们抛给我一堆坏消息。然后呢？”

“现在，感受无助感席卷你的全身。凝视他们的眼睛，看着他们渴望、期待的眼神。”

“这让我觉得自己该是个超人。就像他们根本不在乎我做过什么，只想知道我现在能为他们做些什么。而我只觉得空虚，就像自己做得根本不够。”

“好的，现在想象一下你感到特别自信。假如你是一家公司的董事长，你的家人是董事会成员，你会对他们说些什么？”

“这个我擅长！”彼得毅然宣布，“我会盯着他们，叫他们动起来。

我会告诉他们，我们是个团队，又不是演独角戏。要是他们还是继续抱怨，我就会告诉他们，别在那里自怨自艾了，做个负责任的成年人。我经常做这种动员讲话。”

“那如果他们告诉你，他们只是没那个能力呢？快点儿，彼得，别多想——你会怎么说？”

“我会告诉他们，每个人都有那个能力。如果他们能在我身上看到，就能在自己身上看到。他们只是……”他的声音变得犹豫了，“我也说不好……他们只是没找到，或者是没召唤出来。瞧，问题就出在这儿——我在生活中也一样。我在公司开过这种会，每次开到这里，我就不知该对员工说什么了。只会暴跳如雷，叫他们自己想明白，然后草草结束。”

“你生活中一直出现同样的场景，这可真有趣，不是吗？我敢打赌，你前一段亲密关系里也发生过这种事。比如，你妻子怀疑自己做不到，或是想让你帮她的时候。”

“每次碰到这种情况，我就会撇下她，我受不了她那么依赖我。这让我特生气，我也不知该怎么说。”

“先回到你家的那个场景。但这一次，想象你在求助。假如你这么做，会是什么样子？”

“呃，我不相信有神，所以……我看见自己在体会那种无力感，觉得没人可以求助。所以，我只是呆呆地坐在那儿……然后，我变得好绝望……有东西从我身体里蹦了出来——从我胸口蹦了出来，像是某种祈求。只是我不知该向谁祈求，所以就没指名道姓。你懂的，像是‘我也不知有没有人在听，但我现在真的需要帮忙’。”

“很好，棒极了！现在，说出你脑海里突然冒出的一个念头，那会是什么？快点儿，别多想。”

“离开。我想离开。所以，那天晚上大家都睡着以后，我就收拾东西跑掉了。事实上，我真是那么做的。”

“好的，现在你离开的时候有什么感觉？”

“我真的很难受。我知道家里人永远没法理解，觉得以后再也见不到他们了。我胸口疼得厉害。”

“那你的负罪感呢？”老师追问。

“还在那里，跟之前一样。”彼得沮丧地说。

“好吧，那就做一个小小的选择。”老师提议，“在你离开之前，不要再把你妈妈和弟弟妹妹看成受害者。用你对他们的信任，给他们送上祝福。把你的信心当作礼物送给他们。把那份礼物想象成你内心的光芒，让光芒散发出来，用温暖笼罩每个人。你能想象出来吗？”

“能。”彼得轻声说。

“现在，你的负罪感怎么样了？”加思又问。

“哦，它还在那里。但不知怎的，我感觉不一样了。我因为离开他们的感觉糟透了，但有东西告诉我，这么做对大家都好。我离开会促使他们成长，去相信自己。这算逃避现实吗？”

“我们再用你的心灵之眼看看那个场景：你在收拾行李准备离开。当然，你心里在天人交战。不过，耐心‘倾听’你胸口的暖意——如果那种温暖化作语言，它会怎么说？”

“这么做没关系。”彼得的声音很轻柔，带着一丝惊讶，“这对所有人来说都是好事。这让他们有机会挖掘自己的内在力量，而不是向外追寻。”

“这让你有什么感觉？这种感觉真实吗？”

“嗯！”彼得激动地宣布，但紧接着，他的肩膀又耷拉了下来，“可事实不是这样。他们没能从自己身上找到力量，而是迷失了。”

“他们没有迷失——他们就在你心里。试想一下，如果你相信自己的心声，你会怎么看待家人身上发生的事？”

“好吧，纯粹是为了满足你的好奇啊……我会说，这不是我能决定的，他们每个人都必须选择自己的人生道路。”

他的儿时伙伴彼得有个什么样的家，帕特里克记得清清楚楚。彼得他爸查出癌症的时候，他弟弟吉米已经因为店内偷窃、砸车行窃、入室盗窃乃至闯入教堂被捕两三次了，他十七岁的妹妹艾丽西亚则已染上了毒瘾。为了换取毒品而卖身，对她来说并不稀奇。当时，他们的人生走向已经基本确定，彼得离开并没有对他们造成太大的影响。

“所以，你离开的时候，你的心并没有骗你？”

“对，大概吧。”彼得不得不承认。

“对他们选择的人生道路，你的心声是怎么说的？”

“我猜是：别担心，他们内心有强大的力量，他们总能得到帮助的。”

“现在，对用负罪感折磨自己，你有什么感觉？”

“感觉太可怕了。”

“当你为他们加油，相信他们必将成功的时候，你有什么感觉？”

“感觉棒极了！光是想象一下，我胸口就要涨得裂开了！可是——”

“别‘可是’了，”加思提议，“这是你的选择：是听取自尊说的话，充满愧疚、苛责和受害者情结，还是倾听你的心声，充满爱、宽恕、同情——还有希望？如果是听取第一种声音，你什么也不用做：这么多年来，你一直在练习背负愧疚和充满恐惧。但是，倾听心声……这才是远见卓识之人训练的精髓！这需要非凡的耐心，面对不确定因素时的坚持，还有承认自己无知的谦逊。”

“听起来是挺不错！可这怎么能改变我家人的现状？我可以对我弟弟充满信心，但这又不能让他提前出狱。倾听心声又有啥好处呢？”

“得了吧，彼得，”帕特里克好心好意地说，“现实点儿吧，听从脑子里那个折磨人的声音对你又有啥好处？也许它不能让吉米提前出狱，但它能让你活得轻松一些。等他明年刑满出狱的时候，它会给你弟弟一件很重要的东西：他大哥。”

“没错，”加思点头称是，“谁知道会发生什么事呢？远见卓识之人意识到外界事物不过是对内心的反映。身边发生的事之所以重要，是因为它是一面镜子。所以说，如果你不喜欢你看到的东西，改变镜子是毫无意义的。要改变它映照的东西。”

老师站起身来，面带微笑，锐利的目光扫过每个学员的脸庞。他脸上的表情似乎在说“我看透你了”！最后，他终于开口说道：

“大家今天做得都很棒。很高兴能看到你们彼此支持，还有你们对这个过程的信任。”加思再次将赞赏的目光投向每个人。老师的目光落到帕特里克身上时，年轻的帕特里克浑身颤抖，就像被闪电击中了似的。“明早九点，我们老地方见。”

“九点？！”学员们纷纷惊呼。现在是夜里十一点半，大家都已筋疲力尽了。

“好吧，好吧，”老师让步了，“老天啊，我大概是老了，心也软了。那就九点半吧。”

重新体会旧日创伤

这里离帕特里克家不远，他便选择了步行。他走在路上，想着加思，好想知道他到底是谁，为什么会做起这个……不管“这个”到底是什么。他从书里读到过许多大师，也亲身接触过不少老师。在他看来，那些人都心知肚明，知道自己受到了上天的委派：在特殊情况下出生，受过特殊教育，受过训练后进入俗世，来拯救像帕特里克和彼得这样的芸芸众生。但看着加思的一举一动，帕特里克被老师的平和、亲切深深地打动了——似乎就像他说的那样，他真的只是个回来报恩的老朋友。但帕特里克到底为他做过什么，又是什么时候做的呢？

“你刚路过你家了。”帕特里克大吃一惊，转过身去，正好跟加思四目相对。他突然紧张起来，一脸尴尬。“这社区不错，适合晚上散步，”加思愉快地表示，“尤其适合上完今天这样的课以后‘散散心’。”

帕特里克嘟囔了几句表示赞同。两个人默默并肩走了一段，帕特里克试图控制自己的不自在。他再次潜入不适感的核心，让那种感觉消融殆尽。

“你弄清楚你来上课是为了什么吗？”

“还没。”帕特里克粗声粗气地答道。

“很好，”加思说，“我已经教了十五年的课，到现在还没弄清楚呢。我大概已经懒得去试了。”

“你是说，你也不清楚你在做什么？”

“嗯，大多数时候吧。我只是等待指示，然后照办。”

“指示？你是说来自直觉的？”

“一部分是的。更确切地说，我在等待上天下达指令。这让我时刻保持警惕，毕竟指示是一步步下达的。”

“你就是这么决定教我们什么的？”

“这是一方面，还有看小组互动。今天，班上有种沉甸甸的压抑感，很多人都从自己扮演的角色出发发表看法，我就顺水推舟了。”

“可你不用按某种课程规划来吗？”

“我试过一回，但显然，每个人的人生都有自己的规划。我怎么可能事先把彼得和玛琳的经历纳入课程规划？他们已经准备好深挖下去，为全组人清理掉一大障碍。所以，我们就这么做了。”

“我实在不明白，”帕特里克越往前走，感觉越自在，“事实上，我有两件事没搞明白——”

“应该说是二百万件吧？”老师打断了他。

“呃，不管怎么说吧，现在困扰我的第一件事是，为什么课上别人分享的经历对我有好处？我知道这很管用，但搞不清为什么管用。我的成长经历跟他们完全不一样啊。第二件事是，你说我跟彼得每次生气吵架，都是因为有旧伤浮出水面，但有时候他惹我发火，只是因为他就是那种人，我真的是烦透了。”

“好吧，先回答第一个问题。每次我们选择谅解的时候，也为所有人做了选择。你看到了大家彼此相连。即使你现在没有当时的感觉，内心也会保留那份记忆。你内心深处知道那是真实的。”

“如果其他人都跟我一样重要，那我为什么还要把自己放在第一位？”

“帕特里克，你在试图用逻辑来解释悖论。你就是我们。想想看，你觉得我为什么会做这个？”

“为了帮助像我这样的人？”

“不，我做这个是因为这对我有好处。因为我接到了上天的指示，而上天总是先关注我的利益。如果它叫我做别的事，我就会去做那个。我做这个不是为了帮助别人，也不是为了让世界变得更美好——那就太傻了。不是说我年轻冒傻气的时候没有试过。当时，我理想远大——你懂的，拯救世界！维护世界和平！但后来我意识到，自己试图改变外界，只是为了拖着不审视内心。与此同时，我指望改变外界就能以某种形式改变自己的内在，而不用直接面对真正的问题所在。

“不，我教你们，是因为我觉得这么做是对的。我一直在做我觉得该做的事，也就一直把自己放在第一位。既然所有人都不分彼此，我的做法就对所有人都有好处。”

“起码我知道这对我有好处，这一点是肯定的。”帕特里克告诉老师，走出几步后，他又补了一句，“好吧，起码我知道这对我有影响。”两个人都哈哈大笑起来。有那么一会儿，他们就像一对老朋友。

“这才刚刚开始呢，帕特里克。有了我和你的新女友，你接下来会惊喜连连的。你现在觉得家庭义务是件大事，等到我们深入探讨‘远见’和‘精通’——还有‘真正的伴侣关系’的时候再说吧！你还没应对过你们关系中的权力斗争呢。这就引出了你的第二个问题。”

“我猜是吧。”帕特里克不确定地说，“我的第二个问题是什么？”

“你说你搞不明白，为什么生彼得的气就说明旧伤浮出水面了。”

“哦，对！有时候，我觉得负责是合情合理的，觉得为生活中发生的一切负责是有意义的。接着，彼得会做出某件让我特生气的事。我都不知道那跟我有什么关系！这算性格问题吗？那家伙有时真是个白痴。虽然他是我最好的朋友，但我有时候还是受不了。”

“那是因为他的做法加剧了你内心原本就有的不适感。所有的亲密关系中都会发生这种事。我觉得这种事在米拉身上也少不了，而且很快就会发生！但你只要掌握几个要点，就能节省很多时间，避免很多不必要的痛苦。首先，你得明白，一切都发生在某种形式的亲密关系中。如果你在一段关系中受了伤，另一段关系就有可能让伤口愈合。比方说，你觉得自己跟妈妈的关系出了问题，现在她去世了，这件事就永远无法了解了。你没有意识到，关键不是那副躯体里的人——我是说，关键不在于你妈妈，重要的是你和她的亲密程度。”

“哦，我懂了！”帕特里克说，然后又摇了摇头，“不，我没懂。我实在是搞不明白。”

“小时候，你身处一个深邃而开放的空间。在那里，所有人都对你意义重大。但是，那个空间也是你内心极为脆弱的地方。每当出现问题或发生让你痛苦的事时，它都会对你造成巨大的伤害，这对你有极其重大的意义。一次次受伤后，你会越来越自闭，也就越来越难触及更深层次的亲密关系。你有没有发现，在被你真正在乎的女人伤害后，你会很难想象再次深爱别人？你跟家人的关系也一样。内心脆弱的地方出问题时，你会无法接纳实际发生的事，因为你不愿意回到创伤出现的地方。”

“等等，”帕特里克打断了他，“我想确定我没理解错。你是说，每次我受了伤，如果没有真正恢复，我就会先把它丢下，决定再也不靠近，对吧？所以说，我只是让自己忘了发生过那件事。”

“对。”

“但要彻底忘记，就得否认我有过那些感受。而接近某个人，就会触及那些感受。比方说，如果我开始深爱米拉，就像我小时候深爱妈妈一样，就可能重新体会到旧日的创伤。”

“差不多吧。那些感受和亲密程度会出现在你和米拉之间，或是你和关系亲密的其他人之间——前提是你有勇气面对那些感受。关于冲突，有一个鲜为人知的事实。那就是，冲突双方内心的感受完全相同，但回应方式却是相反的。你和彼得都体会到了某些旧日的痛苦，痛苦源于你们觉得自己以某种方式抛弃或逃离了家人。这种感觉浮现出来的时候，你决定用愤怒压抑它。愤怒通过使问题在外界显现出来，让你远离痛苦。只要彼得这个人是问题所在，你就用不着考虑自己的内心过程了。我们生气从不是出于自以为的原因，因为愤怒是用来控制脆弱的感觉，通过跟人吵架分散我们对真正问题的关注。当然，你和彼得分别跟自己的前妻做过很多练习。”

“我才没呢，我从不跟人吵架。彼得跟他老婆倒是常常吵得不可开交。”

加思用胳膊肘轻轻撞了帕特里克一下：“我懂你，你肯定是躲得老婆远远的，对吧？”

“我只是觉得吵架没意义。我会出去散个步，或者冥想一下，或者暂时不说话——比如一两个星期。”

“帕特，你用的法子最阴险——你选择了逃避。不管是用哪种方式，每个人都会试图压抑真正问题导致的痛苦。伙计，我们接下来几个月会玩得很开心的！”加思咯咯直笑，兴奋地搓着手。帕特里克意识到，老师真的很爱这份工作，而他从未在自己的咨询工作中感受过同样的激情。

选择爱，而不是报复

两个人继续默默前行，帕特里克边走边思考刚刚听到的话。他以前跟达琳吵架更像是冷战，起码大多数时候是这样。他反思自己的做法是多么可笑，他浪费了多少时间试图改变达琳，好让自己感觉好一些。为什么他就不能放弃立场，承认是他觉得不自在？为什么他就不能为自己的痛苦负责？相反，如果达琳做的某件事困扰或伤害了他，他就会噘着嘴一声不吭，直到她改变立场，用正确的方式看待问题——也就是他的方式。

但随着时间的推移，等达琳向他道歉变成了一种耐力测试，等她回心转意花的时间越来越长。达琳最终道歉的时候，他反而感觉更糟了。为了赢得冷战，就要忍受沉默和痛苦，这个代价实在是太高昂了。

“没错，”加思仿佛听见了帕特里克的心声，“大部分时间都在试图控制伴侣的时候，你的感觉肯定好不到哪里去。整个世界就像一间大课堂，唯一的课程就是教你如何听取并回应家的召唤。每次冲突，每种处境，每段关系，都在给你提供找到归宿的机会。”

“呃，那可真气人！我怎么知道这个？我经历过十几段感情，却不知道它们的真正目的，也没发现它们给我提供的机会。如果你不知道亲密关系是为了什么，那又有什么用呢？你现在告诉我，我在上一段关系中本该做些什么。这些在当时可能会很有用。当时的我多需要这个啊！但这些全是马后炮！我人生的前三十年都忙着把事情搞砸，现在看起来，接下来的三十年都得花在‘拨乱反正’上。为什么以前没人告诉我这些？如果没人知道的话，世界是间大课堂又有什么用？这不公平！”

“公平？”加思重复了一遍，显然觉得挺有趣。

“对啊，没错。”帕特里克固执地一口咬定，完全是受害者的口气，让他自己都有点儿不好意思了。

“你知道吗，帕特里克，时间这玩意儿很有趣。我们总觉得时间是某个样子的——你懂的，觉得时间是线性的，来自过去，通向未来——所以我们才会落入各种各样的陷阱。我们所有的错误、失败和损失都被锁定在无法触及的过去，就像负罪感是块顽石，做过的事就刻在石头上改不了了。而未来同样遥不可及，随着时光流逝，青春的能量渐渐耗尽，我们带着焦虑、不确定和逐渐消逝的希望向它蹒跚迈进。手头的选择日渐减少，承诺之光也日趋暗淡。但是，如果说我们的时间观只是自尊玩的某种把戏呢？”

“这话什么意思？时间还能是什么样子？”

“如果说，我们其实能通过现在做的事改变过去呢？如果说，通过改变过去，未来也会彻底大变样呢？”

“我实在没法想象，只觉得越来越糊涂了。”

“我遇见过一个牙买加女人，她的人生经历极其坎坷。她叫里娅，被父母丢在了她奶奶家门口。她奶奶本来就穷，又要多喂一张嘴，自然很不耐烦。所以，这个小姑娘在一个讨厌她的老妇人身边长大，而且时刻被提醒，家里没钱完全是她的错。

“总而言之，很多年过去了，小姑娘受尽了虐待，直到她长大成人，足以逃脱。过了没多久，老太太病了，没法照顾自己。亲戚们聚在一起，讨论该怎么办。因为老太太总是叽叽歪歪抱怨个不停，特别招人烦，所以没人愿意照顾她。家族内斗持续了好几周，老太太被一家人推给另一家。大家都为了到底谁该照顾她而争吵不休。根据某种诡异的逻辑，家里人最后得出结论，被父母抛弃的孙女有责任照顾她。

“起初，这个十八岁的姑娘根本不愿意。但最后，面对家人的巨大压力，她还是屈服了。我在牙买加度假遇见她的时候，她已经照顾奶奶好几周了。我遇见她其实是件好事，因为她真的想过杀掉奶奶——她实在是没别的办法了。我跟她聊过以后，她试了另一种方法。在接下来的两年里，她尽可能地带着爱和宽恕照顾老太太。虽然刚开始并不容易，但她知道别无他法。

“老太太是两年后去世的，但你知道她在过世前对我说了什么吗？她跟我讲了她毕生的经历，从童年到她和里娅共度的时光。她说自己这辈子过得多么‘富有’。这两个字她说了一遍又一遍——‘富有’。里娅也在旁边听，她简直震惊了：这跟她从小听到大的故事完全不一样。里娅那几年的悉心照料改变了老太太的人生——实实在在改变了她的过去。不仅如此，里娅还意识到，当她回想起跟奶奶共度的时光时，所有的痛苦和贫穷都消失了，剩下的只有爱。在葬礼上，最有理由恨奶奶的小姑娘，却为亲人的逝世悲恸不已。”

“真是太了不起了，”帕特里克承认，“如果我是里娅，很可能冲老太太说‘去你的’。”

“我太太里娅是个很了不起的女人，”加思冲惊得合不拢嘴的帕特里克微微一笑，“但她做的是每个人都能做的事——选择爱，而不是报复。”

两个人突然停下脚步，四目相对。“你真觉得有爱办不到的事吗？”加思问，“你觉得自己浪费了好多时间，然后为此懊悔——你真觉得爱不能上演奇迹，把悔恨化为感激，把浪费化为宝贵的教训吗？”

“好吧，”帕特里克不自在地挪开了视线，“我真希望能相信。我只是没看到多少证据，证明爱确实能做到这些。在我的生活里，爱是个很难捉摸的玩意儿。根据你说的，哪怕是我以前称之为‘爱’的东西，其实大多不过是某种需求，或者是对浪漫恋情的渴望。我告诉您，加思，就算爱真的从天而降，直接砸在我脑袋上，我都不一定能认出来！

“但我认为您体会过某种强烈到足以改变时间的爱——这就是我为什

么会像个乞丐一样出现在您家门口。我有一点点意愿、一点点决心，还有自打一出生就有的渴望。我不知道远见卓识之人到底是什么，甚至不知道我是不是真想做这种人，我只知道，看到您的时候，我看见了一种可能性……我只知道这些。”

加思深深望进他的双眼，年轻的帕特里克突然有种既视感，仿佛他俩以前就经历过这一幕。或许是另一个地方……甚至是在不同的躯体中，但认可和洞悉是完全相同的。

“帕特里克，”加思伸手搂住帕特里克的肩膀，领着他向家的方向走去，回到等着他的米拉身边，“这看起来像是一段美好友谊的延续。”他说着鲍嘉在电影里的台词，但模仿水平最多只能说是一般般。

回到家后，帕特里克打开电话答录机听留言。机器里传来彼得微醺的声音，说他和杰西卡正要去机场，准备到夏威夷结婚。

第二部分

寻得者

1986—2007年

第五章　老师的光环

我喜欢考试，

觉得考试很好玩。

我从不复习，

但从没考砸过！

因为我是老师！

1986—1989年

7月一个阳光明媚的温暖午后，帕特里克在家附近漫无目的地散步。突然之间，他感觉一束光射入了自己的天灵盖，让他体会到了从未有过的澄澈、安详。那是一种幸福、美好的体验。他觉得，自己瞬间理解了生命中的一切。他走在街上，喜悦的泪水顺着脸颊流下，脑子里通常喋喋不休的声音也陷入了沉默。他心中充满感激之情，虽然他也说不清是感激谁，还是感激什么东西。十六年来，他一直在寻找解药，想治好自己的毛病。现在，他突然意识到，自己根本没有毛病，也不是他原本认为的无助之辈。有生以来第一次，他有意识地感受到了过去从未感受过的东西——真正的快乐。

他踏上过许多心灵成长之旅——当嬷嬷尊母坐在五米高的讲坛上俯视微笑时，他跟成千上万名信徒一起在台下载歌载舞。在加思的课堂上，某些时候他觉得仿佛身在天堂。但那种亢奋状态往往极其短暂，而且得有别人引导才能达到那个境界。这束光则完全是无缘无故出现的，他根本没有做任何努力，而且它带来的效果持续了好几个星期。

下一次举办工作坊的时候，加思一进屋就径直走到帕特里克面前，验证了他早些时候看见的东西。“你有没有发现，你蒙召成为老师？”加思盯着他的眼睛发问，目光中混杂着严肃和戏谑。这只有加思能做到。帕特里克顿时热泪盈眶。“他知道我身上发生了什么！”他心想，再次深受震惊。

“我知道发生了什么，上天已经选择了你教这门课。”老师说。随后，他拥抱了帕特里克，然后走到房间正前方，开始了当晚的教学。

帕特里克像海绵吸水一样贪婪地吸收加思讲授的内容——个人当责、灵魂为本心理学和心灵治疗（spiritual healing）的各项原则——比以往吸收任何知识都要快。之前小小的开悟体验激活了他大脑中的某些部位，那些部位很可能从他出生起就一直处于休眠状态。“嘿，我很聪明！”晚些时候，他对米拉大声宣布，“我其实是个很聪明的家伙，虽然我老爸不这么觉得。”

几周后，一时醍醐灌顶的感觉似乎消失了。虽然有了新的洞见，但他意识到，自己缺少做老师需要的一样重要特质——自信。他没有足够的自信迈出一步，站在观众面前，引导他们穿越潜意识的迷宫。看着加思在一个个过程中畅游，充满对生命和自身的信任，帕特里克只觉得自己渺小又卑微，永远无法跟面前这位伟人一样厉害，可能就连他的十分之一都达不到。帕特里克认定，自己唯一的机会就是尽可能地接近加思，通过耳濡目染接受他的伟大教诲。

事实证明，加思越来越依赖《奇迹课程》。他虔诚地阅读书中的每个字、每句话，将学员手册中提到的练习付诸实践。他还把书中的法则与荣格和弗洛伊德心理学（至少是其中符合《奇迹课程》的部分）以及自己的内心体验相结合，创造出了一套独特的个人成长与治愈哲学。他称之为“奇迹之路”。彼得和帕特里克刚开始上课的时候，加思在国际上就已颇有声誉。如今，帕特里克已经做好准备，打算追随加思前往各地。他彻底着了迷，甚至向米拉和彼得宣布，他打算将自己的一生献给教学事业。

他不是像十年前那样跟随嬷嬷尊母从一个城市前往另一个城市，而是追随加思穿越整片大洋洲，甚至是前往世界上其他国家。在自己的家乡，泽维尔博士始终保持低调，将它视为“某种隐退休憩之所”，同时尽量限制班级规模。但如果说有一种模式像是为加思量身定制的，那就是他在欧洲、北美各大城市开设的大型工作坊。作为拥有二十多年经验的心理学家和团体治疗师，加思能轻松化身为高超的团队导师：部分是喜剧演员，部分是演说家，部分是教师，部分是治疗师。只要几秒钟时间，他就能从绘声绘色的荤段子转到鼓舞人心的布道：一分钟前，你还被他离谱的玩笑逗得哈哈大笑；一分钟后，你就会直面自己过往的创伤，难以抑制地号啕大哭，意识到创伤的存在，并且得到治愈；下一分钟，你已飘浮在美妙的云端之上，感受上天的能量在心中膨胀。学员们每每围绕在加思身旁，都会感觉获得了百分之百的宽恕、接纳、认可和珍视，仿佛他们真的是"神之子"。

两年后，带着加思的鼓励和祝福，帕特里克自己也成了一名工作坊导师。他讲授的内容有四分之三来自加思和《奇迹课程》，四分之一来自他的其他学习成果。在自己的工作坊中，帕特里克常常提及自己走在街上，"光之水滴"进入他脑海的那一刻。他以此证明，自己获得了上天的委派，受到了宇宙的召唤，成为远见卓识的领导者，协助打造人间天堂。他终于知道自己是什么人，也知道自己的人生目的（帮人们意识到自己真正的伟大之处）和使命（让地球得到治愈，打造人间天堂）了。三十二岁的时候，帕特里克·肯尼迪终于找到了自我认同！现在，他是个大人物了！

然而，他和米拉的关系却变得磕磕绊绊。他踏上工作坊导师和心灵导师的职业之路不到一年，米拉就当面质问他："帕特里克，你是不是爱上加思了？"

"什么？当然没有！"

"那你爱我吗？"

“呃……当然啊。”

“在你眼中，我有没有加思重要？”

“呃……当然有。”

“是跟他一样重要，但没有比他更重要吧？”米拉猜测道。帕特里克被打了个措手不及，直勾勾地盯着米拉，眼神中混杂着困惑、无助和愧疚。“如果我让你别跟他一起去洛杉矶，你会怎么说？”米拉问道。

“我也不知道……你这是在下最后通牒？”

“对，我猜是吧。”米拉不自在地答道。

“米拉，你这样让我很难办啊。我的机票早就订好了，我也跟加思说过，我会给他的工作坊打下手。要是你能在我做好安排前提出就好了。”

“我几天前才知道你要去，你事先又没跟我说，也从来不问我介不介意……”

“我都不知道，我去工作还得经过你批准。”帕特里克立刻反驳，努力挤出一丝微笑。

“那又不是你的工作。你免费帮他的工作坊干活，还自己掏钱去参加他的工作坊。”

“因为我学到了很多东西，可以用在我自己的工作坊里。”

“这就是我想说的另外一件事：你下一场工作坊是什么时候？我记得，你过去两个月什么也没做过。”

“我要歇一段时间，好跟加思多学点儿东西。”帕特里克不好意思地答道。

“歇多久？”

“两个月。”

“帕特，你得回去工作。”

“我知道。”

“那你为什么不打电话给筹办方，把时间定下来？”

“他们发过传真给我，让我确定日期，”帕特里克低声承认，“我只是……”

“怎么了？”米拉追问。

“我只是觉得……我的能力还不够，做不好这份工作。”

“但你的学员们都爱你！”米拉惊呼。“在我看来，有些人爱得有点儿太过火了。”她补了一句。

“话是这么说，可是……”

“帕特里克，到底怎么了？”

“我没有加思那么好！给他提鞋都不配！”他脱口而出。

“这才是问题的关键喽！你不想回去工作，就是因为这个？”

“你不懂一直在他的阴影下工作是什么感觉。跟他比起来，我就是个无名小卒。我没足够的信心去做我的事——前提是我知道‘我的事’到底是什么。每次我带工作坊，都会在心里默念：‘你们这些家伙来这里干吗？你们为啥不去参加加思的工作坊？别浪费时间听我讲了！’米拉，我跟他完全没法比！”

“我都不知道这是场比赛。”米拉边说边一脸谴责地抱起了双臂。

“不是比赛，至少对他来说不是——他不跟任何人比。但这只会让我感觉更糟糕，因为我发现，我在拿自己做的事跟他比，希望他没有做得那么好。我发现，我不是希望自己做得更好——这似乎根本办不到，而是希望他搞砸。有时候，我真希望他能搞外遇，或是被人发现偷税、漏税，或是别的什么。我希望他更像个有血有肉的普通人。”

“说不定他本来就是呢。说不定他确实偷税、漏税，还在搞外遇。”

“根本不可能。米拉，你也见过他。那家伙就像耶稣或者佛陀！他太太则像观音菩萨。”

“见鬼，帕特里克，你总爱把人捧上神坛！什么时候才能砸了那些神坛？”她走向厨房墙上挂的电话机，“我要跟咨询师约个时间。”

“你找咨询师干吗？”帕特里克困惑地问。

“不是我。亲爱的，是给你约的——我亲爱的男朋友。”

第六章　虔信的光环

信徒就是盲目骄傲地追随老师的学员。信徒的忠诚甚至可能导致抛妻弃子，从某种意义上说就像“嫁给”了老师。

——罗恩·华盛顿

1989年9月

“我每次开工作坊都会心存疑虑，然后又努力忽略这个。”帕特里克解释道，“我会怀疑自己是不是真的适合做老师，怀疑我引导的治愈过程到底有没有用。我是说，我真的在帮大家自愈吗？这些技巧真的管用吗？我发现，我不得不时常说服自己，免得我陷入某种精神旋涡，被拖进抑郁和绝望的深渊。我必须不断地提醒自己，很多参与者都成了回头客，很多人都感谢我改善了他们的生活。可这些疑虑总是挥之不去。我真想知道为啥我大部分时候都感觉一塌糊涂。”

“因为你尽扯淡。”彼得边说边灌了一口他最爱的饮料——冰镇啤酒。

“多谢了啊，伙计。米拉说她约了咨询师的时候，我还以为她约的是……该怎么说才好呢？我是说，真正的咨询师。”自从彼得和杰西卡走进婚姻的殿堂后，帕特里克和彼得去年总共也没见几面。帕特里克为自己和加思的工作坊忙碌，彼得则为他迅速拓展的事业奔波。从结婚那天起，彼得就跟加思和他的课程一刀两断了，但从没解释过是为什么。

“米拉让你来找我很明智。”彼得大声说，“别的治疗师哪会直截了当地说出真理，也就是你的问题在于你尽扯淡？”

“你说这话是作为老师，还是作为朋友？”

“有必要分这么清吗？不过，我倒发现，你做老师跟做朋友的时候完全不一样。”

“这是坏事吗？”帕特里克戒备地问，“不同情况需要不同处理，对吧？难道你在员工面前和在老婆面前一模一样？”

“有道理，”彼得承认，“只是你在扮演老师的时候言行更不一致。”

“扮演老师？你觉得那是表演？这是我的事业啊！”

“好吧，如果说它是你的事业，为什么它看起来、听起来都像加思的翻版？”

“你这话什么意思？”帕特里克大吃一惊。

“嘿，无意冒犯啊，伙计。我只是给你一些诚恳的反馈。我去年看你带工作坊的时候，无意中发现，你借用了加思所有的模型……”

“不是所有的！”

“你拷贝了他的一举一动——看在老天的分儿上，甚至还有他的笑话。”

“好吧，”帕特里克弱弱地反驳道，“模仿是最高级的奉承。”

“这也说明你自轻自贱。伙计，你又回到扮演牛仔的时候了。”

“这不一样。”帕特里克的脸涨得通红，还是咬定不松口，“这回是真的。”

“是吗？可能你说得对吧，是我不懂。我觉得你做的事很好：帮助别人，让大家快乐。可能只是我对这些玩意儿再也不感兴趣了。但从旁观者的角度看，你说的东西似乎太……我也说不好，我只是觉得它们不大对劲儿。”

“比如什么？”帕特里克不确定自己是不是真想知道答案。别人的一点点暗示都会让他畏缩，而来自亲朋好友的批评更是戳心。

“呃，就拿那个‘神之子’来说吧。这个词在《奇迹课程》的粉丝中间很受欢迎，我在加思的工作坊里就听过好多次。事实上，这个词也是我不再上他课的原因。它说的是，你是神的儿子，对吧？（注意，课上所有的神灵都是男性）作为神的儿子，你犯了个错。你想到了分裂这个概念，‘噗’的一声，你就创造出了整个世界，乃至整个宇宙，还有人类对它做的所有破事。然后，你——神之子意识到这是个错误，就来加以纠正。到目前为止，我说得还靠谱吧？”

“对。不管怎么说，我也是这么理解的。”

“呃，这玩意儿让我浑身不舒服。我一直认为，从根本上说，这个前提有哪里不对劲儿。如果你真是神之子，那么就有一个你，一个神——也就是说，分裂早就存在了。再说了，如果你是神之子，那你也是神，那你怎么会犯错？所以说，分裂，不管是真是假，都不是错。那本书里还有很多地方我看不顺眼，但‘神之子’这玩意儿一直让我不舒服。”

“好吧，那本书并不完美，”帕特里克承认，“但它还是本很棒的书，帮过很多人。”

“一颗老鼠屎，伙计。只要有一颗老鼠屎，就能坏了整整一锅粥。”

“所以，你觉得整本书都是瞎扯，对吧？”帕特里克的话中充满挑衅的意味，“你算哪门子的权威人士，可以告诉大家什么是真的，什么是假的？”

“嗯，我早就知道，像你这么热爱《奇迹课程》的人可能会觉得我是在贬低它，但我真的不是。只是你引述和谈论那本书的样子——就像你戴上眼罩看不见了一样。你不敢质疑它，就像你害怕质疑加思一样。我是说，这才是权威情结吧！你永远不会在老师身上发现错误。这说明你是什么样的人呢，帕特？”帕特里克还没来得及开口辩驳，彼得就突然起身，向洗手间走去。

帕特里克望着窗外湖对面的群山，深深思索着彼得说的最后一句话。加思是帕特里克的朋友和老师，帕特里克是加思麾下的明星学员。可帕特里克不得不承认，这段友谊让他觉得略不自在。他总是觉得不安。加思言行一致，而帕特里克不是。加思伟岸、强壮、英俊、聪慧、自信、富有、盛名在外，总是开开心心的，而这些方面帕特里克都有所欠缺。从方方面面来看，加思都比他强太多。帕特里克常常暗自思忖，为什么这样的伟人会想跟他这样的小人物交朋友。他不得不承认，他并不喜欢自己在加思身边时的样子。

“我对你的工作还有个问题，就是‘潜意识’这玩意儿，”彼得从洗手间回来后说，“你和加思都说，人小时候受了伤，当时无法应对痛苦，就把它埋在了储藏室——也就是潜意识里，对吧？”

“对，没错。”帕特里克点点头，不自在地换了个坐姿。

“最重要的是，我们把这种痛苦融入了塑造信念的过程。我们选择相信自己有毛病，然后又忘了自己的选择，压抑了儿时的经历和这种信念。很多年以后，我们的生活出了问题，那是我们在潜意识里创造出来的。加思说，我们是出于自己的信念，下意识地选择了问题。然后，我们开始求助。嘭！一束光从天而降，把我们的消极念头转化成了有爱的信念。糟糕的念头消失了！我们可以有意识地选择有爱的信念，相信自己非常优秀。也就是说，我们转变了对自己的看法，对吗？”

“对，”帕特里克承认，“只是我在工作坊里给大家解释的时候，听起来更诚恳、更真实些。从你嘴里说出来，听着却挺愤世嫉俗的。”

“嘿，”彼得举起双手投降，“老实说，我不是要贬低你做的事，只是在质疑一些东西罢了。”

“对啊，就像你总是‘只是在质疑’嬷嬷尊母和她的教诲。”

“我只想知道，为什么你从来都不质疑你的老师。瞧瞧苏格拉底、佛陀、耶稣，还有我们在书里读到的大师们……他们有哪一点是共通的？”

“你是说，除了你觉得他们根本不存在这一点？”

“对，除了那个。看看他们的人生经历，你会看到一个共同点：他们质疑一切。他们出身于某个宗教或哲学信仰体系，然后摆脱了它的束缚。不是通过反叛，而是通过质疑。可每次你一找到能虔信一生的老师，就再也不质疑任何东西了，而是老师说啥就信啥。仿佛老师是某种超凡脱俗的存在，拥有某些特殊知识，得从他们嘴里说出来你才能接受。

“根本没有科学证据或谁的亲身经历能证明，潜意识或无意识真的存在。据我所知，弗洛伊德和荣格这些家伙用这些词来解释他们理解不了的玩意儿。现在，有一大堆虔信‘新纪元’的老师在心理学里融入了哲学，加入像‘肯定’‘正向思维’‘治愈’这样的词，打造出一个看着很像宗教的新体系——”

“那不是宗教！”帕特里克火了，猛地一拍桌子，“我做的事尊重所有宗教，融入了有助于人们走上治愈过程的精神信仰！”

“我懂，帕特里克，我读过你的宣传手册。你瞧，我不是在数落你。我真的为你和你帮助别人的方式感到骄傲，我听很多人夸过你和你做的事。”帕特里克意识到自己异常紧张，他逼着自己坐下来，深呼吸，但很难让自己气沉丹田。

“我只是觉得质疑一切会比较有用，而不是别人说啥就信啥，只因为那是你佩服的人说的。”彼得总结道。

帕特里克觉得自己有机会了解真理，但又害怕睁开双眼去看。这种事在他的一生中发生过很多次。彼得这番话最可怕的不是言语本身，而是帕特里克能感觉到言语背后的无形力量，那股力量跟几年前射进他天灵盖的那束光一模一样。这一回，那股力量不是让他感到幸福、安详，而更像一场地震，撼动了他自我认同的根基。

“你得问问自己，你教给别人的东西有多少来自你的理解和体验，有多少不过是你编出来的。你需要相信这些玩意儿是真的，这样才能找到归属感。”

帕特里克的内心深处仿佛经历了一场大地震，他不得不努力寻找某个可靠的支点。具体细节并不重要——他真的能相信自己做的事吗？宽恕……对别人的痛苦感同身受……无条件去爱的渴望……这些当然能相信，但盲目相信加思说的每句话都无可争议，可以直接传授给自己的学员，这一点呢？毕竟，帕特里克做老师的真正原因是为了直接传承加思和嬷嬷尊母似乎拥有的心灵开悟。他必须相信，自己从他们那里学来的东西源于心灵开悟，否则……

“我只知道，”彼得接着说道，“在我看来，我这辈子最好的朋友帕特里克不该只会鹦鹉学舌。”

帕特里克内心的强震还在继续。那其他老师讲的东西呢？他简单地认定那些都是真的，只因为信息来源显然比自己修为高深？那些对他有所启发的著作呢？读那些书真是让人精神振奋！那些书当然都值得信赖，足以让他向学员们逐字逐句复述，不是吗？

“你有什么要教给别人的，帕特里克？你有哪些真理要教给别人？”

彼得追问。

帕特里克的脑子都快爆炸了。他并没有完全独立的价值观，世上肯定有更强大的力量，体现在修为高深的人身上，那些人能将他提升至他们的高度。知识必须通过他们之口传授给他，然后再通过他之口传授给别人。该死的，世界本该是这么运作的！总有一天，他会再也不需要那些修为高深之人——他会直接拥有上天的开悟！但在此之前……

“我一直觉得，你有些很棒的东西值得分享，帕特里克，”彼得承认，“某些只有你才能给别人的东西。我一直希望——”

“烦死了！”帕特里克突然大吼，跳了起来，“你总是对我和我做的每件事指指点点！你总是看不起我，笑话我喜欢的每样东西！”

“指指点点？嘿，伙计，我只是——”

“不！没门儿！”帕特里克往桌上摔了几张钞票，气呼呼地冲出了酒吧。彼得继续享用他的啤酒，他其实也不想对朋友这么直接、这么坦白，但他宁可背负这种愧疚。他猜，有时候为朋友好是要付出代价的。他本打算喝完这杯酒就回家，但不知不觉又点了一杯。喝完又点了一杯。第三杯酒快见底的时候，帕特里克又回到桌边，一屁股坐下来，看起来气全消了。

“我接下来要说的话，是我发誓这辈子都不会说的。”帕特里克小声宣布，低头盯着桌面，“哪怕是受酷刑折磨，哪怕是生命受到威胁，我都不会说的。不过，我还是要说。”他深吸了一口气，“彼得，你说得对。”几秒钟后，彼得大笑出声，笑声响得酒吧里其他客人都转身望过来。

“想笑就笑吧，你个浑蛋。”帕特里克嘴角上扬，笑得不怎么自在。

“我忍不住啊！”彼得还在咯咯地笑个不停，“你那本《奇迹课程》书上说，我得在正确和快乐之间做出选择，但这回我既正确又开心！”他又哈哈大笑起来，笑声很快也传染给了帕特里克。笑得差不多了，帕特里克又点了一轮酒。

“我觉得吧，要是真的有‘自由意志’这玩意儿，我们有两条人生道路可选。”新点的酒上桌后，彼得说道，“要么是按我们的天赋活下去，要么是按我们的弱点活下去。你有天赋，帕特，但除非你把它们送出去，否则它们就一点儿用都没有。礼物的力量在于给予。”

“看看现在是谁在引用加思的话。”帕特里克打趣道。

“事实上，我引用的是帕特里克·肯尼迪的话。几年前，我打算自己创业的时候，这句话是你对我说的，我一个字也没改。你说，我是个有天赋的商人，如果我不把它们送出去，就只会活得百无聊赖。我说，我看不到自己的天赋。你说，它们就在那里，但只有我把它们无偿送出，才能体会到‘礼物的力量在于给予’。”

“我不记得了。”帕特里克皱起了眉头。

“我从你身上学到了很多东西。你天生就是做老师的料——只是不像加思那样天生就是做艺人的料。所以，你才觉得他比你强。”

“他确实很会抓人眼球。”帕特里克承认，“也许我一直在模仿他的动作、复述他说的话，是希望他的魅力能传给我——”

“可是没有。”

“该死的，伙计，你能让我说完吗？”

“我很高兴没有。如果世界上有更多的人相信自己的独特之处，生活就会有趣得多，也会更鼓舞人心——就像你激励我相信自己的独特之处一样。我想，你该照你自己说的做，现在是时候了。”

“我觉得我就像个瘾君子，受到了朋友的戒瘾干预。”帕特里克承认，“我一直痴迷心灵导师，一辈子都在追求真理，忍不住会觉得嬷嬷尊母、加思还有我崇拜的其他人比我强，忍不住会觉得他们拥有某些秘密法门——如果我能证明自己的价值，他们就会让我开悟，为我揭开那些秘密。”

“我还挺喜欢加思的，”彼得说，“该死的，我喜欢那个老家伙，也欣赏他的才华。况且，他老婆还是个大美女。伙计，你没见她穿那条紧身小黑裙的时候，看着真是棒极了！”

“唉，跑题了吧你。”

“哦，是哦！”彼得晃了晃脑袋，“就像我说的，我挺喜欢加思的，但他有的东西你也有。他跟‘上天’没啥特别联系，也没啥秘密法门……啥也没有。”

帕特里克步行回家，努力吸收彼得说的话。他不知道自己为什么没意识到，每个人都有跟其他人一样的天赋。他认识的大多数人都在以某种形式做出牺牲，没有觉察到自己的天赋和才能。有些人意识到了自己身上的一两种优秀品质，但要么是不敢相信，要么是不知道怎么在彰显它们的同时赚钱糊口。世界上有那么多挨饿的画家、出不了书的作家、失业的手工艺人，还有独具天赋但不幸破产的企业家。

问题只在于“相信自己的独特品质”，就这么简单吗？还是说，关键在于将自己的天赋放在生活的第一位，拒绝为金钱或社会认可牺牲自己的独特之处？帕特里克也不知道他有没有勇气拿自己的人生冒险，脱离恩师加思·泽维尔的羽翼庇护，充分彰显自己做老师和咨询师的天赋。他希望能看到某种迹象……

“有个消息，帕特里克！”米拉走进家门时大声宣布，她看上去挺紧张的，还有点儿难过，“我刚刚得到一家广告公司的工作机会。”

“哇！太好了！”帕特里克开心地答道，随后仔细观察米拉的面部表情，某种不祥的预感让他的心猛地一沉，“那份工作不在这里，对吧？”

“嗯，在纽约。”

“我没法搬去纽约，米拉。我是个乡下男孩。”

“我知道——我是个都市女孩。说实话，我也挺惊讶的，我竟然能在这个小地方待这么久。但是，我不能一辈子都做女招待。”

“对，你不能。你的天赋在别的地方。”帕特里克心里感觉怪怪的，悲伤混杂着为对方高兴。他觉得，自己的胃就像一台洗衣机，痛苦和喜悦在其中翻滚不停。

“我们可以异地恋，”她提议，“我们能做到的。”

“不，做不到。”他断然表示。

“对，是做不到。”她点头赞同，泪水顺着脸颊而下，“但我得去。”

“嗯，你肯定得去。你必须跟着你的天赋走，否则只能在这里默默牺牲。”痛苦是如此剧烈，但他惊讶地发现，自己的感觉无比鲜活。他发现，自己真真切切地活在当下。帕特里克消失了，只剩下对当下的感知。

三周后，米拉已经在纽约工作，结交新朋友，送出自己的天赋礼物了。她和帕特里克常常互相发传真，分享自己的失落和空虚，在为彼此哀伤的同时爱着对方。

第七章　命运的光环

生活中发生的每件事都是抛硬币的结果。

1989—1992 年

帕特里克花了六个月时间跟加思和他太太里娅同行，途经北美、亚洲和欧洲，他将这视为某种告别之旅。当他在 1992 年重新开始带自己的工作坊时，他的主要关注点变成了通过宽恕的力量治愈当前的伤痛或潜意识中的旧伤。为了克服缺乏自信这个弱点，他会跟学员们分享从加思工作坊学到的东西，但越来越多地质疑加思哲学理念的准确性和真实性，也越来越多地用直觉指导自己的工作。

3月，他在圣地亚哥最后一次协助加思举办工作坊。在此之前，他已经告诉老师，以后他将彻底独立。工作坊的第一天，当参与者纷纷入座时，加思走近了他："帕特里克，我要送你一份离别礼物！你在用谁阻止自己发展下一段亲密关系？"

"我不知道。"帕特里克吃了一惊。

"随便猜猜嘛。"加思笑着说。

"米拉，"帕特里克脱口而出，"可这根本说不通啊，我们都分开一年多了。"

"相信你的直觉，"加思提醒他，"闭上眼睛，想象米拉站在你的心前面。想象她把手搁在下颌，慢慢把脸往下扯，就像那是副面具。站在那里的其实是谁？"

"我妈！"帕特里克惊讶地答道。他本以为会在面具底下看见达琳的脸。

"好的，现在感谢你妈妈保护你免受伤害。告诉她，你现在没事了。"加思等着帕特里克照他的指示做，"现在，把妈妈从你强加给她的工作中解放出来，想象她升入天堂之光。"

帕特里克闭眼照办了。虽然他觉得在经过两次心碎后，再进入另一段关系还为时过早，但他信任自己的老师，想象自己感谢妈妈，看着她越飞越高，升入他头顶上方的光芒。过了一会儿，他睁开双眼，看见加思举起了右手。

"看着我的手，想象我握着你下一段关系的能量。"加思慢慢把手伸向前方，搁在帕特里克的胸口。帕特里克觉得自己体内发生了某种变化，有着一种难以用语言表达的了然感：她要来了！就在这时，房间最远处的一扇门开了，一名秀发浓密、肤色黝黑的年轻女子走了进来。她走上前来，轻轻拍了拍加思的肩膀。加思转过身，惊讶地笑了，热情地拥抱了她。女子名叫玛丽亚·罗德里格兹，是给加思在墨西哥城做推广的筹办人。帕特里克凝视着玛丽亚的双眼，顿时心知肚明。他还没来得及开口，玛丽亚就被人叫走了，但加思看他的目光中闪耀着调皮的光芒。

“嘿，帕特里克，你觉得娶个墨西哥太太怎么样？”

“你故意安排的！”帕特里克气鼓鼓地指责，但忍不住露出了微笑，“你知道她会来，就故意玩心理学的花招，让我相信她是我的真命天女！”

“嘿，帕特里克，我脑子是灵光，但也没那么灵光。”

“那你怎么知道的？”

加思笑着耸了耸肩：“你就收下吧，当作来自我——你最后一个老师的告别礼物。”

“我最后一个老师？”帕特里克突然惊恐万分，咽了一口唾沫。

“记住，跟最后一个老师道别以后，你就终于能见到你的第一个老师了。”加思转身走开，让帕特里克更加深信，这个谦逊的男人的心理修为是他这辈子都无法企及的。

很多年以后，帕特里克才明白遇见玛丽亚有多么大的意义——无论是从浪漫恋情还是从人生求索的角度来看。遇到玛丽亚以前，帕特里克只跟和自己类似的人交往，也就是那些支持他的理念和信念，认为心灵导师对“真理追寻者”很重要的人。当然，彼得除外。他头脑中有个根深蒂固的信念：你这个人不完整，必须找个能让你变完整的人。世上只有一条正确之道，其他的都是错误之道。你必须找到正确的路，抱定信念（通常是盲目的信念）和信仰走下去，做出必要的牺牲，这样才能不走弯路，奔向真理。朝正确的方向前进时，你的心会告诉你，但你常常听不见自己的心声，所以需要老师的指点。历史和神话中充满了伟人的事迹，他们在你之前走过那条路，达到了你渴望的神圣状态。如果你真的诚诚恳恳，真的配得上，或是纯粹走运，就会遇到一位真正的大师，他会一步步指导你走上那条路。那位大师已经到达了你所走之路的目的地，回来是为了帮你实现降临人世的目的。

玛丽亚是个无神论者，不相信追随导师或大师，对投身修行毫无兴趣，也从来没考虑过追寻“正道”或“真理”。她只是新纪元推广公司的员工。公司的创始人是她朋友，她只不过是帮朋友创业搭把手。两个人闲聊的时候，帕特里克常常试着解释自己的人生哲理。玛丽亚只是听听，以表尊重，但从未动摇。这让帕特里克略感担忧。她不是跟我一样渴求真理，我怎么能跟这种人在一起？加思一点儿都没让她深感震撼。她甚至不想听嬷嬷尊母的事！这段感情永远不可能有结果！

“她看加思的时候不是星星眼？”某天吃午饭的时候，彼得问，“嘿，我已经开始喜欢她了！”

“你不懂，彼得，”帕特里克绝望极了，“她对修行根本没兴趣。她挺爱读克里希那穆提的书，觉得加思是个好人，也是很真诚的老师，但不明白他有多不可思议！”

“我跟她一样。”

“你这人无知，我能理解。你是个没文化的野蛮人，一直都是。做朋友没关系，但我想跟她共度余生啊！”

“好吧，我觉得她选老公的品位不怎么样。至于别的嘛，我倒觉得，找个不像你这么痴迷修行的人对你有好处。看看你每天身边围着的人，大家都认同你的理念，都相信你说的话。只听一种观点可不健康——这只会让你的生活失去平衡。”

“我要另一种观点干吗？我喜欢我看问题的方式。”

“你是说，你喜欢觉得自己永远是对的。”

“这不是对不对的问题，重点在于什么才是真的！”帕特里克一口咬定。

“噢，要是真这样就好了。”面对一脸怒气的帕特里克，彼得赶紧举手投降，“好了，好了，冷静点儿。我俩可别又吵起来了。”

“哼，这不是对不对的问题。”帕特里克暴躁地强调。

“好吧，我们换个角度来看吧，你跟玛丽亚的感情得到了加思的祝福，对吧？”

“差不多吧，”帕特里克承认，“加思说她对我有好处。”

“对啊，没错！你自己的老师总不会把你引上岔路吧。”加思是前任老师，帕特里克心中这样默念，“你还能指望啥呢？”

“我起码能指望女友至少对我做的事感兴趣啊。”两个人吃完午饭后，帕特里克心想，“我是说，好吧，她不像我那么痴迷加思的教导，但她对我做的事都不感兴趣啊！”虽然他找了很多理由，认为不该让这段关系继续下去，但两个人之间却有种不容置疑的羁绊。仅仅在一起几个月，他就体会到了从未跟前妻达琳、前女友米拉或其他前任建立过的深厚友谊。跟玛丽亚在一起的时候，他能分享的不仅仅是话语，两个人还能分享沉默，静静相处也能轻松自在。那种氛围他只能用“圣洁”来形容。

跟玛丽亚相伴几个月后，他彻底摆脱了失去米拉的痛苦，也摆脱了对达琳和女儿玛雅的愧疚。

同年 12 月，两个人交换了婚誓。玛丽亚很快怀上了他们的第一个孩子。每当帕特里克抚摩妻子的孕肚，感觉里面的小家伙踢他的手时，都会有种奇妙的感觉，觉得有一束全新的光照亮了他的整个世界。经过艰难、痛苦的分娩，曼纽尔 · 迈克尔 · 罗德里格斯 · 肯尼迪在 1992 年 9 月初呱呱落地了。

第八章　信念的光环

关注种种迹象，信任你的心声，意识到世上一切都有隐藏含义……人类、动物、树木、星星都是象形文字……但我们觉得它们只不过是人类、动物、树木、星星。直到多年以后，我们中的一些人才会真正明白。

——希腊作家尼科斯·卡赞扎斯基（Nikos Kazantzakis）

1993—1995 年

1993 年 3 月，帕特里克遇到了一个类似彼得的“恶魔”。此人名叫罗恩·华盛顿，自称“上师打假人”和“光环驱散者”。他宣称自己是“激进心灵导师”，注重指出“心灵之道”这个概念的荒谬之处——尤其关注老师及其信徒的光环，从而让学员向“真理”敞开怀抱。

“所有的上师、心灵导师和邪教领袖，都是被信徒视为救星或救世主的人。”罗恩是个身材魁梧、体格健壮的黑人，光溜溜的脑袋油光锃亮，“他们可能看起来很诚恳，甚至相信自己的诚意，但驱散环绕他们四周的光环后，你会发现，他们不过是依赖信徒献身精神的凡夫俗子。”

这是为期三天的研修班的第二天。帕特里克之所以会参加，是因为加思说他和里娅会来。玛丽亚也报了名，但刚过一天就宣布自己受够了，想去逛街买婴儿服。帕特里克坐在一百多名参与者中间，对华盛顿先生的恐惧、兴奋和怒火越烧越旺。

“你是说，所有老师都是骗子？”一名男子突然大声质问。

“我们不都是骗子吗？”罗恩反问，脸上挂着狡黠的笑容。

“我可不是骗子！”有个年纪较大的参与者立刻顶了回去，仿佛受到了人身攻击。

“真的吗？我们不都在装作别人，而不是真正的自己？我们都在装模作样，装成自己根本不是的人。用莎士比亚的话来说，就是：大千世界是个舞台，我们都是台上的演员。我们上场，扮演自己的角色，然后退场。不管我们在舞台上扮演什么角色，那都不是真实的自己，不是吗？”

“这话没错，可你干吗单独把导师挑出来，就像他们比其他人更虚伪似的。”

“我可没这么说，”罗恩说道，“我知道，你们中的很多人可能会觉得我在批评或攻击上师和心灵导师，但如果我只是在陈述事实呢？通常来说，这些所谓‘大彻大悟’或‘修为高深”之人的信徒相信，‘大师’被上天赋予了神秘特质，层次也比卑贱的信徒高得多。看起来，老师也需要学员继续相信这一点。即使他们不宣称自己是基督或佛陀，也会舌灿莲花，说得就像他们跟基督或佛陀是老熟人一样。这是他们施展魅力的一部分。这不是他们的错，他们跟学员中了同样的魔咒——健忘症的魔咒。

“世上充满了能帮你了解真理的线索和暗示，但健忘症会让你对它们视而不见、充耳不闻。由于对这些线索一无所知，你会得出结论：你是个能力有限的凡夫俗子，虽然拥有超越局限、成为‘神之子’或‘大彻大悟之人’的潜力，但前提是要遵循某些戒律、法则和规矩。

“像‘觉醒’‘开悟’‘自我实现’‘心灵应验’‘入定’‘菩萨’‘天堂’‘奇迹’这样的词，都是吊在你眼前的胡萝卜，免得你偏离正轨。而像‘旅途就是目的地’或是‘你要快点儿跑，能跑多快就跑多快，直到抵达当下’这样的说法让你一直摸不着头脑。‘当下’是另一个诱惑你的词。活在当下！但通常来说，‘当下’要么是你将来会遇到的体验，要么是你战胜自己想回忆过去或畅想未来的倾向才能赢得的东西。”

罗恩停下来喝水，帕特里克才意识到自己一直双眼圆睁、张口结舌。他眨了眨眼睛，焦虑地咽了口唾沫。他的全部哲学理念都遭到了挑衅！他觉得，加思可能会告诉他，他到底错在哪里了……呃，可能是每件事都做错了！

对老师和“正道”的反思时不时会浮现在他的脑海中，但正如彼得提到类似话题时他做的那样，他忽略了这些念头的重要性，继续坚持自己目前走的路，坚信那些告诉他该怎么走的老师。即使是现在，尽管他已不再跟加思上课了，他还是认为加思的修为比自己高深得多。

有人举起了手。“我还是不懂‘光环’是什么。”坐在帕特里克前面的一位年轻女士说，她的声音充满了挫败感。

“光环就像月光。”罗恩说道。

“月光又怎么了？”另一名学员追问。

“所谓的‘月光’根本就不存在，它其实是月亮反射的阳光。话说回来，如果没有光，月亮又是什么呢？它不过是一块飘在太空里的大石头。月亮用阳光来美化自己，让自己看起来很漂亮，但美的其实是光，而不是石头本身。可那块石头说：‘嘿，瞧瞧我！我是光！只要你一直盯着我看，就会离光越来越近！而且，总有一天，我会教你怎么成为光！’这就是光环。”

“我觉得月亮很美，不管有没有光。”

“真的吗？如果没有光，你怎么看得到它？”

“噢，对哦。”那个学员一脸尴尬，引得旁边不少人咯咯直笑，但罗恩已经开始回答下一个问题了。

“你是说所有心灵导师和大师都在撒谎？”一个肤色较深的男人问道，他的口音听起来像印度或巴基斯坦人。

“不，当然不是。撒谎意味着有意识地欺骗或误导。”罗恩表示，“但由于大多数所谓的‘大师’本身并不了解真理，他们会尽量讲授比较肤浅的东西。他们教给学员的东西通常包含几个世纪传承下来的智慧，加上自己的阐释，用来冲淡那些智慧。他们教的东西本质上没有任何问题，就像反射阳光本身并没有错。但宣称自己是太阳，就表明你在利用光环来美化自己——或者应该说是光环在利用你。”

帕特里克心想：“所以说，作为老师，我不是在撒谎，只是出于自己的目的扭曲真理。这算什么呢？为了让大家能瞧见我有多棒？”

“如果你们想理解光环的目的，只要看看师生关系的最终结果就行了。”罗恩似乎听见了帕特里克的心声，“你们有多少人拥有上师或心灵导师？”帕特里克不由自主地举起手来，罗恩立即转身看着他，“你的上师是谁？”

“嬷嬷尊母。呃，至少以前是……”帕特里克的脸红了。他已经好几年没见她了，但仍然将她视为一位大彻大悟、极其伟大的大师，也是他遇见过的优秀的导师之一。

“哦，好的。”罗恩笑得更开心了，“帕蒂玛·帕塔克——伟大的大师之母。你跟了她多久？”

“大概十七年吧。”帕特里克惊讶地意识到竟然有这么久。

“在她的指导下，你的修为达到了什么境界？”

“我从来不是所谓的‘模范学员’，所以大概还在底层吧。”

“那嬷嬷尊母是在顶层喽，对吧？”

“这么说听起来真老套，不过没错，我会说她的觉醒程度比我高。”帕特里克说道。他心想：“哎呀，你在这屋里随便扔块石头，砸中的人修为可能都比我高！”

“你怎么知道的？”

“我……这话是什么意思？”帕特里克吃了一惊，不光是因为问题本身，还因为他意识到，他从来没有真正问过自己这个问题。他花了大把时间回避彼得提出的同样的问题，但从未留出时间真正向自己发问。

“我可以把一大堆抽象概念糅合在一起，让它们听起来睿智过人、修为高深。我可以描述进入其他领域、其他层次的旅程，让你相信我确实有此经历。我可以引用印度教经典《薄伽梵歌》、古印度史诗《摩诃婆罗多》、《圣经》、犹太教经典《摩西五经》（*Torah or the Five Books of moses*）、《古兰经》（*Koran*）、古印度哲学典籍《奥义书》（*Upanishads*）、《吠陀经》（*Vedas*）或其他佛教经文，解读它们的含义，告诉你怎么用到日常生活中。老天啊，也许我还可以操纵天气给你看。如果我能做到上述任何一件事，就表明我的修为比你高吗？”

“大概吧，我也说不好。”帕特里克承认。

“那如果我起一个像‘奎师那·吉·马哈拉嘉大师’这么花哨的印度名字呢？”

“可能会管用吧。”帕特里克打趣道。

“最后，如果我教给你某种特殊的冥想法门，或者提升觉醒程度的秘密技巧呢？如果我告诉你，从现在开始，你只要把一生奉献给我和我的教导，坚定不移地练习冥想或技巧，你这辈子就都能体验我有过的经历呢？”

“不得不承认，这些话听起来挺熟悉的。”帕特里克表示。

“听起来就像你在给他推销二手车。”另一名学员评论道。

“你提到这个，我刚好想起一件事来。”帕特里克转身对那个女人说，“有一回，我在一家店里买了一辆二手庞蒂亚克。推销员说得天花乱坠，似乎真的想让我做成这辈子最划算的一笔买卖。虽然那辆车开都开不动，还得用拖车拖走，但我还是相信自己这笔钱花得值！”他的故事赢得了一阵爆笑和掌声。

“那么，推销员是真的说服了你，还是你说服了自己？”笑声平息后，罗恩追问。

“什么？你是说，不是他骗我——而是我在自己骗自己？”

“事实上，你在骗自己的时候，他也在误导他自己。他说服自己相信，他给你的这笔买卖很划算。你则说服自己相信，你的钱没被人家骗。”

“我为啥要这么做？”

“因为你需要相信。你心心念念想买辆好车，所以会让一切都符合自己的幻想。在你的想象中，推销员变成了为你着想的朋友，破车变成了理想中的豪车，你则变成了本该有此好运的幸运儿。你还继续说服自己相信，即使那辆车得出动拖车才能动，那也是一笔不折不扣的好买卖。

“同样地，你在人生中需要满足和快乐，需要有目标和方向感，所以你会在脑海里说服自己，嬷嬷尊母是能给你这些东西的人，她走的路就是‘真理之道’。你为了让自己全心侍奉她，继续走她的‘正道’，就不断地告诉自己，如果没能实现目标，那完全是你的错。道路很完美，老师也很完美。那么，如果事情没办成，那一定是徒弟的错。”

“可我没买到好车，在修行之道上也没什么进展——管他修行之道到底是啥呢——你说这些的重点呢？”

“为了维持健忘症，保持忘性，你不得不坚持相信。事实上，你相信什么并不重要，重要的是相信本身。如果你真的体会过‘洞悉’，健忘症就会消失。光环的目的，”罗恩继续说道，“是为了满足像你这样的凡夫俗子对爱、满足、幸福等的需求，在脑海中创造出能满足这些需求的幻想——你会想，总有一天会梦想成真。这些幻想会通过你追求的精神和物质目标反映到外界。”

罗恩边说边打开了装在头顶的投影仪。投影仪预热启动后，在屏幕上投出了一段话：

光环：

老师的光环：对某人存在错觉，认为此人拥有超凡的才能、智慧和知识，能将这些东西传给你。

路径的光环：对通往开悟、实现、幸福“之道”存在错觉，认为只要严格遵守戒律和法则，最终就能抵达真正的目的地。

虔信的光环：存在错觉，认为自己和老师（无论是在世还是已去世的）之间存在特殊的精神联系或纽带，这种联系对你获得救赎和心灵满足至关重要。师徒关系应该取代所有其他的亲密关系，包括与配偶和父母的联系（许多宗教中的神都充满妒意，希望你把全身心都交给他）。

感性的光环：一种基于爱与被爱需求的错觉，从中诞生了对亲密关系的浪漫幻想，深信存在“灵魂伴侣”；如果少了你必须找到的真命天子，你这个人就是不完整的，认为外人拥有让你感到被爱和幸福的能力。这是所有特殊关系背后的光环。

实体的光环：对现实世界中的力量（金钱、医药、细菌、汽油、阳光等）存在错觉，认为它们拥有比你更强的能量。这种光环支撑着一个基于感官的信念：这个世界是真实的。

帕特里克四下张望，惊讶地发现加思和里娅都在埋头做笔记。“哇，竟然还有加思不知道的东西！”他心想。

“早些时候，有些人暗示我骂老师是骗子或欺诈师，但实际情况是，他们只是被屏幕上展示的这些东西蒙蔽了。你们也被同样的东西蒙蔽了，你们走的是根本不存在的路，听从的是并不比你们懂得多的老师。你们全身心地信任老师，只为让自己感到安全，仿佛只要虔信老师，就能在天堂的餐厅里找到一张好桌子似的。感性让你们去追逐原本就存在于内心和周遭的爱与满足。对实体的力量产生的错觉，则使你们去追求某些目标。这些目标承诺让你们获得满足、赋予你们力量，但这个承诺永远无法兑现。”

听着老师罗恩朴实、直白的话语，帕特里克突然松了口气，有种自由酣畅的感觉，头脑顿时明澈、清晰了不少。仿佛有只看不见的手掀开了他眼前的帘幕，让他再一次瞥见了真实的世界。有那么一瞬间，他确信听见了女儿玛雅的声音，听见稚嫩的童声在轻声吟唱：

划呀，划呀，划小船，

顺流而下随波荡。

开心，开心，好开心，

人生不过梦一场！

这话说得多有道理啊。嬷嬷尊母、加思以及帕特里克追随过的其他老师和圣贤，不管是他亲身接触过的，还是拜读过著作的，都被光环的魔咒笼罩着。我们都站在太阳前面，告诉别人，我们能向他们展示什么是光明！

罗恩接着往下说，详细描述了光环对人们生活的影响。他讲完后，大家纷纷提问，发起挑衅，或是陷入争论。帕特里克感觉到，屋里不少老师都觉得自己的生计受到了威胁。他发现，在整个问答环节，加思和里娅都在拼命做笔记。

这一天还没过完，帕特里克此前的清醒和释然感就化作了模糊的回忆。他很气馁，不知该做些什么才能持续身处光明之中。第二天，罗恩宣布自己要开一门高强度的吟诵和冥想课程，旨在驱散大家头脑中的光环迷雾，帕特里克又燃起了希望。

“你明天不会再去了，对吧？”帕特里克讲完自己当天的经历后，玛丽亚问道。两个人坐在起居室的沙发上，他们的儿子已经吃饱喝足，躺在妈妈怀里美美地睡着了。玛丽亚的腹部微微隆起，里面是他们的第二个孩子。她看起来光彩照人。

“去呀，为啥不去？”

“那家伙刚刚告诉你，心灵导师根本没必要呀。”

“才不是呢，”帕特里克反驳，“我听到的是，心灵导师很有必要——不过得是真正的心灵导师。”

“你觉得你是那些真正的导师中的一员？”

“不，才不是呢，但我可以……”

“那你还回去干吗？”

“我不是告诉你了嘛！他说他要举行特殊仪式，能帮我们看透光环，提升觉醒层次。”

“什么层次？”

“罗恩会把我从虔信和老师的光环中拯救出来，融入爱与智慧的能量之中。”

“你要那个干吗？”

“因为我的肉体很情绪化，总是让我虔信老师，盲目地追随他们。”

“所以说，如果一个老师叫你不要盲目地追随老师，你就会盲目地追随他？”玛丽亚打趣道。

“哈，哈，真好笑。你瞧，玛丽亚，如果他说的是真的，那我就不该再做老师了，因为我教给学员的是低级的教导和被冲淡的真理。这真是吓死我了！他说我教的东西是不必要的，我教别人只是为了觉得自己很重要。可我是个老师，这是我的天赋。所以，如果他说的是真的，也许我可以教他教的东西。也就是说，我明天必须去，看看我能不能做他的学员。”

“哦，太好了！这正是你需要的——另一位老师！”

“但如果他说的是真的呢？从十四岁起，我就一直在追寻真理。这是我真正想要的。”

“那性爱呢？”

“呃，性爱也是，可是——”

“那钱呢？”

“我从来都不想要钱。”

“我也不想要，我就喜欢穷得叮当响。”

“好吧，钱也是，可是——”

“那身体健康呢？你总在慢跑，还泡健身房。好太太呢？你从来都不想要个好太太？还有父母的认可，还有美好、坚固的友谊，还有——”

“你是在列清单吗？”帕特里克打断了她，“好吧，我承认，这些东西我都想要。我知道，跟追求真理比起来，我为它们付出的努力似乎更多，可是——”

“话说回来，你说的‘真理’到底是什么？”在一次谈话中打断他这么多次，这很不像玛丽亚平常会做的事——她通常是个安安静静、善于倾听的听众。

“其实，我也不知道它具体是指什么，但这些问题一直困扰着我，而且越来越……我是说，它们简直快要把我吞没了。我是谁？我为什么会在这里？这个世界有什么目的？我一直在努力寻找答案。遇到嬷嬷尊母的时候，我以为她会给我答案。遇到加思的时候，我以为他知道答案，只要跟着他，我就能知道。玛丽亚，我觉得我已经离找到答案很近了。我怕罗恩这家伙真的知道答案，要是我明天不去，就会错过这辈子最重要的机会。”

“我还以为你早就知道答案了呢：你是神之子，来到世上是为了打造人间天堂……你懂的，就是你在工作坊里说的那些。”

“呃……话是这么说没错，”帕特里克弱弱地承认，“对这些东西，我已经没那么确定了——如果你认真想想，就会发现它们很像光环。我只想真的洞悉事理，仅此而已。”

“如果你出去参加工作坊的时候，洞悉事理出现在了这里，那要怎么办？”

“你这话什么意思？”

“我的意思是，我是谁？我为什么会在这里？这些问题是你跑出去找的吗？”

“不是，它们只是……”帕特里克耸了耸肩，“它们只是在我心里。”

“所以，如果说对真理的渴望只在你心里，要是真理也这么做——直接来找你，那要怎么办？”两个人坐在沙发上，四目相对。帕特里克让玛丽亚提出的问题一点点渗入心里，她表达见解总是这么简单、直接、清晰明了。帕特里克摇了摇头，用略显屈尊俯就的微笑搪塞了过去。

“我觉得这可行不通，亲爱的。”他话音刚落，就看见了她受伤的眼神。他想问她到底出了什么问题，却又害怕听到答案。因为他知道，答案会是一成不变的：我好伤心，这是你的错！

“我累了，要去睡了。”玛丽亚站起来，揉了揉后背和隆起的腹部，抱着儿子走向卧室。走到门边时，她转身对帕特里克说：“我只希望，对你来说，我跟你的老师一样重要。”他还没来得及回答，她就关上了房门。

几分钟后，帕特里克追随妻子的脚步进了卧室，在她身边躺下，帮她按摩后背。曼纽尔在床边的摇篮里静静沉睡。帕特里克想起了黎巴嫩诗人卡里·纪伯伦（Kahlil Gibran）在散文诗集《先知》(*The Prophet*)中的一段话：夫妻俩站在一处，但又不靠得太近，这样才能让“天风”在他们之间“舞动”。他闭上双眼，看见自己和玛丽亚独自屹立，彼此相隔甚远。两个人中间站着加思（手里拿着《奇迹课程》)、嬷嬷尊母、耶稣、佛陀、奎师那、卡斯塔尼达，以及帕特里克过去的其他老师，甚至还有一些他经常见到的学员。

他努力集中注意力，把他们一个接一个地从他和妻子之间移除。这项练习进行得很顺利，直到轮到将《奇迹课程》紧紧抱在胸前的加思。他感到焦虑的浪潮一波波向自己涌来。虽然他已经不上加思的课了，但还是将加思视为榜样和比自己优秀的人。他没有一直盯着加思，但有些人同时上他们俩的工作坊。如果加思推出了新课程或治愈技巧，那些学员会告诉帕特里克，他就会立刻将其纳入自己的授课内容。从生活中移除加思是巨大的冒险，他不确定自己有没有准备好迈出这么一大步。但这不就是冒险的含义吗？——在你觉得自己准备好之前就勇敢一跃。帕特里克，你已经准备好了，别再拖了——现在能做的事就别拖到以后！他想到这个，加思就消失了。

让他大为惊讶的是，最难移除的竟然是那十几个学员。对此，他百思不得其解。两年前，他还不认识其中任何一个人呢。但如今，这些学员似乎比他最资深的老师还难消除。帕特里克意识到，关键不在于实实在在的人，而在于他们代表的东西对自己很重要。他不知道有多少人像他一样，遵从不成文的座右铭：不要介入男人和工作之间！突然之间，他眼前浮现出了一段回忆。他坐在加思的课堂上，老师刚在翻页板上写完几行字：

真理

亲密关系

金钱（工作、事业、花销……）

加思在解释将生活中真正的头等要务放在第一位的重要性。帕特里克不知道“真理”到底是什么（虽然他从十四岁起就一直在追寻它），但他明白一点：亲密关系在生活中的地位比工作和金钱高。他意识到，无论他和玛丽亚面对什么问题，每当两个人达成一致时，都比两个人争吵不休时处理得顺利。他也意识到，当两个人吵得不可开交时，无论他们无法达成一致的是什么，都不是他们无法达成一致的东西本身——虽然这听起来有点儿怪怪的。他们想让对方负责的总是某些没能得到满足的需求——通常来说，都是对重要性的需求，但也可能是对归属感、控制感或安全感的需求。

在帕特里克看来，更重要的一点是，当两个人彻底崩溃，把事情摊开来说明白以后，才发现双方的感受完全一致。两个人都觉得自己毫无价值，或是极度失望，抑或是被人忽视，而且这种感受总是同时出现。一旦他们意识到这一点，问题本身马上就变得不重要了。前一分钟，他们还在争论要为即将降临的宝宝买什么样的摇篮，互相威胁说如果不能如愿就干脆离婚，后一分钟，他们就会承认自己缺乏安全感，害怕承担为人父母的责任。一旦两个人承认双方背负着同样的痛苦，合适的摇篮立刻就会呈现在他们面前。

帕特里克回头审视自己想象的画面时，惊讶地发现他和玛丽亚之间什么也没有了。他伸出手去触碰玛丽亚——然而，虽然她看似离得很近，但不管他把手伸得多长，都无法碰到她。不管他往前走多少步，都没法靠近她。“这是什么鬼？！”他心想，话说回来，这到底是谁的想象啊？他似乎听见远方传来一个熟悉的声音。他五岁的时候，那个声音第一次对他说话；他十四岁的时候，那个声音第二次出现。他再一次听到那个声音是三十岁，但当时他已经忘了前两次，还以为是加思在通过心灵感应向他伸出援手呢。

“你们两个人之间还有别的东西，比你对老师、学员、工作、追求真理……甚至是你儿子曼纽尔的依恋更强大！”帕特里克绞尽脑汁拼命想，却想不出对他来说还有什么东西更重要。那不可能是他的肉体，因为他知道自己会为上述任何一样东西舍弃性命。那是什么呢？

“礼物的力量在于给予。”

帕特里克知道这个，可这句话有什么特殊含义？

“但给予的主体是谁，或者是什么东西？”

“是我！”

“你是谁？”

“我就是我。我是帕特里克·肯尼迪。”

“这就是阻隔你和妻子的东西。分裂是由你的信念维持的。你对‘你是谁’和‘这个世界是什么样的’的看法——也就是你的‘自我认同’和‘世界观’。还有你对‘玛丽亚是谁’的看法。‘帕特里克’是一个信念，‘玛丽亚’也是一个信念，它们都不是真理。

“真理从来没有躲着你。它不需要你去追寻，也不需要你辛辛苦苦去赚取，它一直都在那里。你活在监狱里，信念就是狱墙，但它们无法阻挡真理，因为信念是虚假的，而真理是真实的。擦亮眼睛去看吧！”

帕特里克能感觉到，躺在身边的玛丽亚也变得激动起来，但他还是保持一动不动。他脑海中的声音陷入了沉默。他眼睁睁地看着自己信念的高墙开始崩塌，一个广阔的新世界——整个宇宙出现在他面前。那是一个超乎想象的世界！

“哇！”帕特里克和玛丽亚同声惊呼。他知道，她也看到了。

结语

真理是草叶。

2014年5月

男人心想："这就是转折点。"他从公园的长椅上站起身来。此时已是下午五点，太阳仍然高悬空中。麋鹿镇的晚春时节通常都是如此。"从那一瞬间起，大幕渐渐升起，我能看见帷幕后面的东西了。"他朝家的方向走去，途中不时停下脚步，抚摩路上遇见或径直朝他走来的狗狗。它们的眼神中写满了全世界狗狗都深信的一点——所有人类都可能带着狗饼干。

突然，他停下脚步，弯腰摘下一片草的叶子。他并不是真的在审视它。他眼神蒙眬，目光却极具穿透力。他感觉不出手指与叶子的区别，甚至弄不清哪里是叶子，哪里是自己的手指，哪里是周围的空气。他的眼睛能分辨出差异，但意识只看到了“和谐统一”。他松开手，任由叶子飘落在地，稍稍休息了一会儿，然后双腿自动迈出，朝他扮演的角色称为“家”的方向走去。

致谢

我要衷心地感谢下列人士，他们为本书的顺利完结做出了贡献。

素梅：素梅是我的灵感来源，启发我在 1991 年初次写下《找回你的生命礼物》。如今，她仍在用自己的智慧和洞见激励着我，为本书及续作的架构提供了许多实用建议。她的爱意、温柔和幽默是我生命中的无价之宝。

恰克 · 斯佩扎诺（Chuck Spezzano）：作为个人当责和心灵疗法（Spiritual Psychology）领域的先驱，恰克教会了我关于团体动力学和潜意识运作的所有知识，正如我在本书中阐释的。

罗恩 · 斯宾塞（Ron Spenser）：罗恩向我介绍了“光环”（glamour）这个概念，帮我摆脱了盲目虔信的强迫性倾向。

张德芬（Tiffany Chang）：德芬一直大力支持我的作品在中国出版。她是难得的朋友、睿智的咨询师，也是一名优秀的作家。

吴英慧（Joti Wu）和曾金池（Priti Tsang）：二十多年来，英慧和金池对我的家庭和事业给予了慷慨的帮助。他们帮我完善了教学材料，使其更符合中国文化。

游明裕（Robert Yu）和王婷莹（Mavis Wang）：明裕和婷莹把我介绍给了中国读者，满腔热情、慷慨无私地推广我的作品。

最后，特别感谢孟禅（Harmon Chan Moon）和他出色的编辑天赋。他的批阅删改为我的稿件创造了奇迹！